日本文学の扉をひらく

＊

第二の扉

踏み越えた人たちの物語

立野正裕

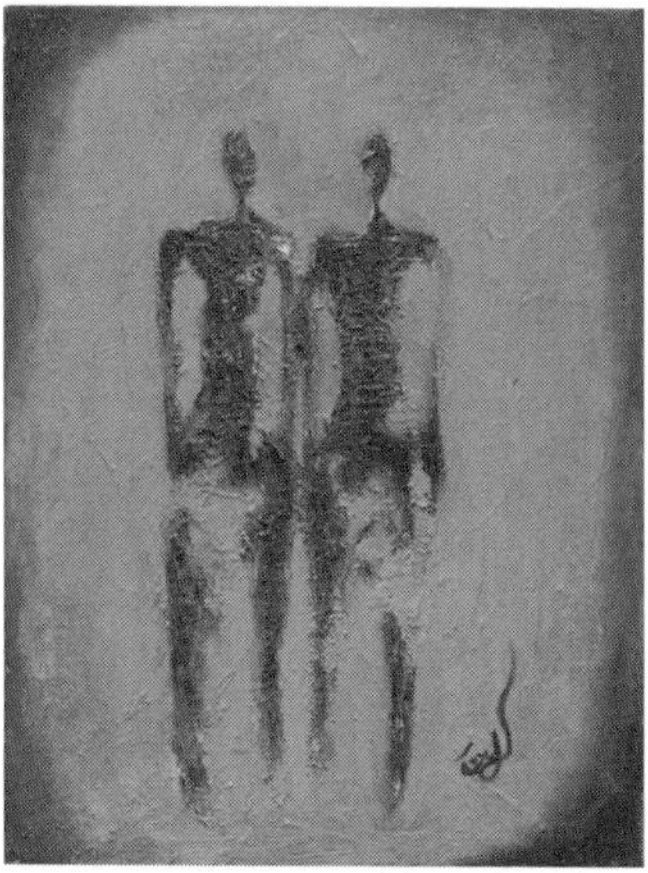

スペース伽耶

日本文学の扉をひらく ＊ 第二の扉　踏み越えた人たちの物語　目次

まえがき

ここには名のある英雄英傑は登場しない。みな無名の生を生きた人々である。だが、かれらは自らの人生を生きた。はたの目にそれがどのように映るかはかれらの眼中になかった。かれらはただ自分の人生をひた向きに生きた。それは目に見えないなにかを踏み越えることでもあった。そしてそれぞれの作品の作家たちもまたそうであった。

主人公たち、作者たち、かれらがなにを、どのように、「踏み越えた」か。それを、複数の人々と語り合った本書の対話編のなかから、どうか読者にもじっくりと読み取っていただきたい。

第1章

いまだ出ぬ月の光を

——芥川龍之介作『奉教人の死』

作品紹介

どこの誰とも素性の知れぬ少年が長崎の教会の前で飢え死にしそうな状態で見いだされた。その瞳がとても純粋そうに見えた。名前を訊くと「ろおれんぞ」と名乗った。どこから来たかと問うてみると、天を指さし、「はらいそ」と笑って言うだけだった。人々が話し合って、この教会でいわば童、寺童というのか、まあ小僧さんのようなかたちで、教会に来た信者に向かって、香炉を振るとか掃除をするとか、下働きをしながら養われている。少年は長老たちも驚くほどの信心の固さを日々示した。

ところが、この少年に懸想《けそう》をする傘張屋の娘がいて、手紙などを少年に渡そうとするがこちらは取り合わない。腹いせに娘は自ら芳しからぬ評判、噂をまき散らす。そのうちこの娘が身ごもる。身ごもらせた相手がこの少年だと娘は自分の口から言ってのけた。長老たちは怒り、会議をひらいて追放することに決める。

こうして教会から「ろおれんぞ」を追い出してしまう。その後の生活は乞食同然、最下層の生活を強いられる。やせ衰え、栄養失調寸前。だが誰一人見向きもしない。いっぽう傘屋の娘が赤子を無事に産んだ。

ある日火事が起こった。おりからの大風で傘屋に飛び火した。動転した若い母親は赤子を置いて外に飛び出した。気づいて取って返そうとするが火の勢いが激しい。大火のなかで人々が手をつかねているところに「ろおれんぞ」が現われた。「御主《おんあるじ》、助け給え」とひと声発するや、火のなかへ飛び込んだ。かろうじて赤ん坊を助け出したものの、だが自分はひどい火傷を負って死ぬ。昨日まで見向きもしなかった人々までが殉教だ、殉教だと口々にほめそやした。

一　黄金伝説

司会　きょうの『奉教人の死』に関わりがあると思いますのでちょっとお話をします。数年前、ニュージーランドにAさんが行かれて、湖のそばに立つ小さな教会を訪ねられた。

現地の石だけで造られているごく素朴な教会です。その湖は夜になるとたいへん星空が美しいと言われている。Aさんが湖を見に行かれた日は残念ながら星空を見ることはできなかったそうです。ただ、散文詩でこのようにAさんは書かれております。

「なにより惹かれたのが、よき羊飼いの教会と名付けられた小さな教会だった。わたしの写真にその教会はあるが星はない。だが、星はある。見られよ、ここに集う人々はこころに星を宿していたのだ。」

きょうの『奉教人の死』も、やはり非常に俗っぽい人間の心情も描かれ、煩悩に満ちた世の中にありながら、にもかかわらず心に星を宿していた人間の話が書かれております。わたしは『奉教人の死』を読んで、この散文詩を連想しましたので、最初に話をさせていただきました。

では、Aさん、最初に導入としてお話をお願いいたします。

A（講師）　『奉教人の死』は、龍之介が若いときから、おそらく生涯にわたってと言ってもいいのでしょうけれども、イエス・キリストおよびイエスを取り巻くさまざまな人々に関心を持って考えてきたなかから生み出された。ペテロのような弟子もおれば、裏切り者のユダもいるし、キリストに有罪判決を下す羽目に追い込まれた総督のピラトもいる。荒野に長年修行を積んで洗礼者となったヨハネもいる。その他『旧約聖書』に出てくる預言者たちですね。

龍之介は教会に通うキリスト教徒ではなく、個人でバイブルを丹念に読むことによって、『新約聖書』の中心人物であるイエスという人間と相対するという姿勢を生涯変えずに生きた。ご存じと思いますが、三十代後半で服毒自殺を遂げます。その枕元には自らの手で置かれたバイブルがあった。

『奉教人の死』は龍之介が二十六、七歳で書いた作品です。むかしの数え方で二十七歳と書いてあるのもあり、現にお手元の年表では二十七歳とありましょう。ですが、わたしが見たのは二十六歳でした。そのあたりは数え方によるのですが、とにかく二十代半ばでこの『奉教人の死』を書いている。

大学時代から、あるいは旧制高校時代から、龍之介はバイブルに非常に関心を持っていた。これは一人龍之介にかぎらず、龍之介が生きた時代、大正時代、たとえば有島武郎、島崎藤村、正宗白鳥、それから漱石や鷗外も指を屈するべき作家ですが、日本の近代文学を形成した作家たちはおおむね旧制高校を出て、大学を出て、なかには留学や洋行の経験を持った人もいる。つまり西欧の文化、教養を身に着けた知識人であります。日本の近代をこれから確立していこうという気運のなかで、かれらが必然的に出会ったのは、ヨーロッパの文明と文化を形成するうえで精神的に大きな柱になったキリスト教だった。

すでにもう、キリスト教到来と布教の長い歴史と受難の歴史が日本にはありまして、聖人の事績を物語る黄金伝説も紹介された。『レゲンダ・アウレア』、『レゲンダ・オーレア』いろいろ言い方がありますが、『れげんだ・おうれあ』とこの『奉教人の死』では表記されていますからいちおうそれにしたがいます。「レゲンダ」とはレジェンド、伝説という意味です。「アウレア」とはゴールデン、「黄金の」という意味です。ラテン語ですが、英語で言えばゴールデン・レジェンド、黄金伝説というものがヨーロッパで成立を見たのが十三世紀半ばぐらいでしょうか。ヤコブス・デ・ウォラギネという人が編集したかなり分厚い伝説集があるのです。すべてキリスト教に関わる聖人たち、殉教して聖人に列せられた人々の生涯の事績を簡略に語ったものです。

龍之介はラテン語が堪能だったかどうか分かりませんが、英語はもちろんフランス語、ドイツ語などの訳と照らし合わせながら読むことが可能だったでありましょう。『奉教人の死』では長崎に伝わる『レゲンダ・アウレア』のなかに、本来それがヨーロッパの聖人伝説であるにもかかわらず、わが国の聖人と目されてしかるべき人々の逸話を織り込んだ独自の『れげんだ・おうれあ』があって、それを自分は入手したと語り手が言うんですね。龍之介の物語では一と二に分かれており、二のほうで解題を装ったかたちで入手のいきさつが書いてありますね。

　このもっともらしい解題が龍之介の創作でして、発表当時これを事実と思いこんだ学者も少なくなかった。その原典なるものを貸してほしいとまで龍之介に申し出た人があったそうです。

　二十代半ばの龍之介の語り口、ストーリー・テラーとしての力量の並外れたすごさ、それがよく表われているのがこの『奉教人の死』です。姉妹編をなす『きりしとほろ上人伝』というのもありますが、これもまた同じ語り口、同じ文体で語られております。『奉教人の死』をわたしは大学でも演習などで使ったことがありますし、ここでも十数年前にいちど取り上げたことがあるのです。

　そのときに異口同音にみなさんがおっしゃっていたのは、読むのに難儀したということなんです。短編としては短いほうですけれども、言葉使い、表現、言い回しが耳慣れないので読むのに苦労させられたと。

　わたしも言い回しの細かいところなどは少し首をかしげるところがある。としても、まあ、慣れるか慣れないかです。慣れるとたとえば低い声で自分で音読してみますと、その音の勢いからなにを言っているかということが分かってまいります。また細かいところが分からなくても大意をつかむのには差し支えない。

寡聞にして知りませんが、この『奉教人の死』の現代語訳なるものが出ているのでしょうか。よく明治の小説は若者に読みにくいというので、ごていねいに日本人でありながら現代語訳を出して、それがまた文庫本で並んでいる。たとえば鷗外の『舞姫』は井上靖が現代語に訳している。至れり尽くせりというのか、それとも大きなお世話というのか、わたしは自慢じゃないですが、『舞姫』を高校二年生のときに読んで論文を書いて、学校の機関誌に発表したぐらいです。そのときだって百パーセント、あの『舞姫』の擬古文が分かったかというと自信はない。だが主人公の苦悩と、主人公と出会って恋に落ちるエリスというドイツ娘の苦しみを理解するのに、表現の点でさほど苦労したという記憶がない。

これが江戸時代あたりのたとえば近松門左衛門を読むとか、西鶴を読むとなると、確かに苦労は伴うでしょう。だが、龍之介の作品はこのキリシタン物がとくに読みにくいということを聞きますけれども、その他、龍之介にかぎらず同時代の作家たちが、たとえば初期の漱石だって『薤露行《かいろこう》』とか『幻影の盾』とかアーサー王伝説に取材した物語はなかなか読みにくいと思われますが、しかしそれが同時代に発表されて読みにくいので評判を落としたとか、あまり聞いたことがないですね。だからいまの読者よりも明治・大正・昭和初期の読者のほうが文脈をつかむ術に長《た》けていたのではないかとさえ思われるわけです。きょうのこの『奉教人の死』はわたしが持参したのは岩波文庫ですが註釈さえ付いていないですね。

司会　岩波は付いてないですね。

A　他の文庫本ではていねいな註が付いているものもありますが、付いていなくても読める。

司会　今回、テクストはいちおう新潮文庫ということだったんです。

A　新潮ならば年譜も付いているでしょう。まあ、テクストはみなさんそれぞれでかまわないと思います。

B（七十代女性）　そうですか、ちくま文庫ではなかったんでしたっけ。

司会　パンフレットでは新潮文庫収録となっているのですが、お持ちのものでけっこうです。

A　ストーリーは単純であえて解説を加える必要もない。みなさんはすでにお読みですから結論を言ってもかまわないでしょうが、龍之介が下敷きにした話があるのかどうか。話を思いついたのが龍之介なのか、あるいはネタ本となるようなものが世界のどこかにあるのか。『レゲンダ・アウレア』そのものにありそうだと学者は言っていますが、細部まで同じであると厳密に論証出来ているわけでもないようです。物語の意外性は龍之介が考え出したとも思われます。

まあ、最後のいわばどんでん返し、これを含めてなんら難解な小説ではない。しかし、なんらむずかしくないこの話がわたしにとっては繰り返し読んでも、言葉はなんですが、不可思議というか、含蓄の深い、龍之介の文学のいわば本質を語ったもののように思われてならない。まだ二十代半ばの作家が、あと十年はこの世に生きながらえるのですが、その後に書かれたこの作家のすべての作品に照らして考えても、『奉教人の死』は飛びぬけて傑作であるのみならず、龍之介の作家としての本質をいち早く暗示しているように思われてならない。そこのところを掘り下げて考えてみたい。ここで語り合うのは十年ぶりかそれ以上になりますけれども、もういちど取り上げてみたい。

いろいろ好みはあると思いますが、ご自由にみなさんのご感想、ご意見をおっしゃっていただければと思います。イントロダクションとしてはだいたいそのくらいにしておきます。

司会　はい、ありがとうございました。いま、お話にありましたように、『奉教人の死』は二〇〇八年のちょうどきょう、七月十五日に読書会をやったそうです。その座談記録を一読しましたが、確かにほとんどAさんの話だけでしたね。ほかはうまくテープが聞き取れなかった。十二、三年ぶりにやはりなんども取り上げるに値する龍之介の文学の本質がこの短編にあるんじゃないか。それをこれからみなさんと討論のなかで探っていければと考えています。

Cさんも非常に印象深く読んだというふうに聞いているんですけれども。ぜひ最初にCさんが読んでみての感想をお伺いするところから、講座の討論を始めていきたいと考えていますいかがでしょうか。

二　「頭《あたま》」と「頸《うなじ》」

C（二十代女性）　Cです。よろしくお願いします。わたしが読んだテキストがちくま日本文学の芥川龍之介集で、この版は二〇〇七年に出ているのですが註釈があります。ですからときどきそれを見て、この独特の文体というのはたいして苦もなく読めたと思っています。用語的なところだったり、言い回しなど古いというところはあまり気にならずに、一読目で最後のどんでん返しのあたりを新鮮な驚きをもって読んだ、というのが最初に読んだときの感想ですけれども、二回目以降というのは「ろおれんぞ」の正体がもう分かっているので、「なんでそうなのかな」というところに注目して読んだつもりです。

しかも「ろおれんぞ」は傘張の娘との噂が広まって、手紙を兄貴分である「しめおん」に見つかって責められ、問い詰められて、辛かったはずなんですけれども、そのあたり実際の文章を少し読みたいと思います。問い詰められたときですね。

「『娘は私に心を寄せましたげでござれど、私は文を貰うたばかり、とんと口を利いた事もござらぬ』と申す。なれど世間のそしりもある事でござれば、『しめおん』はなおも押して問い詰《なじ》ったに、『ろおれんぞ』はわびしげな眼で、じっと相手を見つめたと思えば、『私はお主にさえ、嘘をつきそうな人間に見えるそうな』」

と言うところがありますね。「ろおれんぞ」はいったんその場を去るんです。けれども、「しめおん」もその場を去ろうとするといきなり「ろおれんぞ」がまた駆け込んでくる。そして「飛びつくように『しめおん』の頸《うなじ》を抱くと、喘《あえ》ぐように『私が悪かった。許して下されい』と囁いて、こなたが一言も答えぬ間に、涙に濡れた顔を隠そうためか、相手をつきのけるように身を開いて」とあります。ここが「ろおれんぞ」が唯一感情を盛り上げるところです。これはなんでなんだろう。じつは「ろおれんぞ」は自分が女性であることを隠している。ここで、自分はじつは女だからというふうに申し開きをすることも出来たはずですけれども、それをあえて言わない。その後、教会から追放されてしまって、ひどい小屋みたいなところで暮らす羽目になります。それでもなお真相を隠しとおしているわけですね。いよいよこれはなんでだろうと疑問を感じないわけにはいかなくて、もしかするとこういうところにこの物語の考えるべきところがあるのではないかと思いました。

司会　ありがとうございます。いまの部分に関連して、前回『奉教人の死』をやったときに、確かAさんがいまのことについて一つの回答をされていたというふうに思うのですが。もし、女であることがバレたら教会にいられないということを話されていましたね。

A　そういう発言をしたというのも座談記録を見たのでわたしも思い出したのです。それは解釈を合理化しようとして述べている。作者がそういうふうに書いている。それ以上の詮索をする学者もいるでしょうけれども、わたし自身はする必要がないといまは思う。書いてあるとおりに読めばよい。十数年前は、もしこの「ろおれんぞ」が女だったならば、小僧さんとして教会に置くわけにはいかない、尼僧院ではないから、と言ったと思うが、まあ、確かにそれは理由の一つではあるのですね。

司会　いま、Cさんから小説のなかの場面を挙げて印象に残るところとして問題の提起をしていただきました。他の方もどうでしょうか。どのように自分は読んだ、ということでぜひご発言いただきたいのですが、挙手にてお願いします。

A　いや、ちょっと、Cさんが発言されたなかで、第一印象としてこの「ろおれんぞ」が「しめおん」のところに戻って、わたしが悪かった、と言う部分、これが一つの盛り上がりを見せている部分と思うといまおっしゃったでしょう。そこのところを、わたしが受け取って考えると、いったん最後まで読んでこの部分を読み返すと、「ああ、やっぱり、ここは女の反応だったんだ」とわたしなどは読者として思うのですよ。

「ろおれんぞ」が男だったら戻らなかったんじゃないか。それは作者は書いていないけれども。でも最後まで読んでもういっぺんこの作品全体を思い返すと、ああ、あのとき「ろおれんぞ」が戻ったのは、やっぱり女だったから戻ったんじゃないか、つまり「しめおん」に対する「ろおれんぞ」の気持ちですね、これは読者としてわたしが考えるわけです。

「しめおん」は「ろおれんぞ」を弟のように思っている。女とは露ほども思っていない。まさに弟のように可愛がっていた。それなのに裏切ったな、というわけでそこには嫉妬とか落胆とかそういうものよりも、なにかもっとね、裏切られた悔しさのような感情がある。こういう単純な物語なのに、人物人物に即してほんのかすかにですが、いきちがってしまう複雑な人間の感情も触れられている。その点も二十六、七歳で書いた単純な物語なのに、そういう微妙繊細な、あとで、ここはどうだったんだ、なぜだったんだろうと思わせるような、そういう仕掛けを施すという作者の力量に、やはり感銘と驚きを覚えるわけです。

司会　みなさん、どうでしょう。いまの場面にさらに重ねて関連させてもけっこうですし、その他の角度からでもけっこうですけれども。

D（七十代男性）　ここの場面だけで考えますと、わたしもここはドキッとする場面だと思ったんです。いちど読んだ人は、「ろおれんぞ」が女だと分かってしまっているわけですが、いったんはわたしのことが信じられないのかと言って走り去ったがまた戻ってきて、首に抱きついて、詫びているわけですね。そういう意味では非常にドキッとさせられるような場面でもある。しかし、この作品に沿って考えると、やはり「ろおれんぞ」の考える優しさというか、わたしが信じられないのかと言って、それに対して怒ったが、腹を立てて悪かったということで帰ってくるわけです。そういうふうにわたしとしては受け取りましたけれども。

A　腹を立てて悪かった、と最後まで読んでもそういうふうに取ったという解釈は変わらないんですか。

D　そう思いますけれどもね。

A　わたしはそこがちがうんですよね。最後まで読んでからもういちど思い出すと、ああ、そうだったのかというふうに、そのときドキッとする。最初のときはさほどでもなかったけれども。

D　しかしこれはウナジに抱きついて、つまり首に抱きついて、わたしがわるかったという感じで言っている。

A　うなじですか。頭をかかえるんじゃないですか。抱きつくというよりも。

D　頭をですか。

A　そう、抱きつくのではなく、「しめおん」の頭を両手でこう押さえるようにして言う。

D　「それが飛びつくように『しめおん』の頸《くび》を抱くと、喘ぐように」言ったということでしょう。

司会　あれ、そこは「頸」になっていますか。新潮文庫では「頭」となっている。

D　わたしのでは、「頸」にルビで「うなじ」ってあるけれども、首のことですよね。だから、首に抱きついたと言っているわけです。

B　ちくま版も同じですね。

司会　たしかに、そこは誤植だと困るぐらい大事なところですね。どういう状況なのかというきわどい場面ですから。

A　わたしのは岩波です。「頭」と書いてルビが振ってない。だから「あたま」と文字どおり読んだ。

B　これは「うなじ」と書いてあります。

A　「うなじ」とは平仮名？

B　「けい」

A　「けい」。そこがちがう。

B　いまの簡単な「けい」。

A　頸動脈の「けい」？

B　そうです。

A　そうするとこれはテクストが問題になってきますね。岩波ですと「頭」です。

司会　ちなみに、Eさんのお持ちの岩波の芥川全集版だとどうなっていますか？

Ｅ（七十代女性）「頭」ですね。

司会　全集は「頭」。岩波のほうが、校訂がいちおう学問的にはオーソリティがあるわけですね。だから初出の雑誌でどうなっていたかというところまで学者に調べてもらわないといけないでしょうけれども。わたしの版は新潮です。

Ａ　「頭」ですか？

司会　はい、「頭」ですね。

Ｆ（七十代女性）　いちばん新しい全集でも「頭」で漢字ですね。

Ａ　ルビを振っていなくて「頭」。「アタマ」と読めということでしょう。だからわたしもそう読んだ。まあ、一つ問題点がそういうふうにして浮かび上がってくる。

司会　そうですね。微妙な関係というか人間模様というか、感情の揺れ動きのあらわれですね。

A　たとえばドラマとか映画だったらここを演出でどうするか。これはやっぱり演出力、力量に関わる。場合によっては演出家が俳優に任せちゃうということもある。そうすると俳優の役者としての力量になる。実際、どなたかご存じないですか。

D　アニメがあるそうです。わたしは観たことはないけれども。

B　いままでの文庫作品で最初なんですけれども。「参った」と思って、二度三度読めば、自分でも深くいけるかなと思ってとりかかったけれど、頭かかえてしまいました。そしたら、連れ合いが講談にもなっていると言ったんです。

A　講談？

B　講談です。講談にはあるんだそうですよ。興味が湧いてくるんですけれども。……じゃあ、ついでにわたしの感想を申してもよろしいですか。

司会　どうぞ。

三　故郷は「はらいそ」

B　最初は、Cさんとはちがって、ものすごくわたしは読みづらかったんです。それで、「ああ失敗した。もっと早くに読むべきだったと。たかだか十八ページっていうんでサラッといけると思ったらとんでもない。それでわたしは恥ずかしいですけれども、どうやったらこれをきょうまでに作品としてきちんと自分に読み込ませられるのかなあと、きのうは難行苦行だったんですよ。けれどもう自分なりにと思って註釈を見ながら読んでいると、そのうちだいぶ読めるようになって、頭のなかにストーリーが入ってきた。それでこれはすごい作品だなあと舌を巻いたというのが正直なところです。

場面がたくさんありますけれども、さっきCさんがおっしゃった「私が悪かった」というところですね。これはまあナレーションにあたる部分ですね。なにが悪かったのか、全然分からず仕舞いだというふうに、作品のナレーションでは言われていますね。「ろおれんぞ」が娘と密通したのが悪かったというのか、あるいは「しめおん」に「つれのうしたのが悪かったと云うのやら、一円合点の致そうようがなかったとの事でござる」というのが、作品の文言中にナレーションとして出てくる。

さっきのところに戻りますが、わたしの版の場合は、「『しめおん』の頭を抱くと、喘ぐように『私が悪かった。許して下されい』と、囁いて」とある。なので最初女だということはもちろん分かりませんから、全部読み終えたときに、ふうっと芥川はすごい創作力があるんだなと思ったんです。けれども、これはいま言ったように、「飛びつくように『しめおん』の頭を抱くと、喘ぐように」「囁いた」という、これはやっぱり女としてのしぐさでしょう。

二人は兄貴・弟分という関係ですが、「しめおん」がそう思っているだけで、じつは全然真相を知らないわけです。いっぽう「ろおれんぞ」本人は当然自分が分かっていることですから顔にも言葉にも出せない。だけども心のなかにはやっぱり女としての思いがあって、それがこの場面に示されていると思いました。それがほんとうかどうなのか。けれど、これは読者が想像すべきところなんですね。

A　二人のやり取りは、人気のない部屋でと書いてあるでしょう。もし他の奉教人たちがいる前だったら戻ってこなかった。まして、頭かウナジかは微妙なところだが、大事なちがいだ。とにかく「しめおん」のからだを触るわけです。そして囁くように「私が悪かった」と言っている。この仕草というか、これはやっぱり他の信徒衆がいたらやらない。とすると、「しめおん」は「弟のように」というのが比喩なのか、まさか女だとは思っていない。だけども、ほんとうにじつの弟のようにという情愛が、比喩とはちがう情愛が「しめおん」から「ろおれんぞ」に注がれていて、「ろおれんぞ」もそれを理解したうえでのことであるとすると、やっぱり意味づけは変わってこざるを得ない。読んでいく途中で受けるわれわれの印象と、読み終わってからもういっぺんここを想起するときにいだく印象とは、やっぱりちがって二重性を帯びる。その仕掛けというか力量というか、作者が筆の勢いで書いたというようなものではないですね。

司会　そうですね。すごいですね。

G（四十代男性）　ぼくは逆で、なんでほんとうは女性だったというオチというかどんでん返しが必要だったのかなあと思いました。途中まで読んでいるときは、「ろおれんぞ」と「しめおん」というのはまあ男性同士の友情にしてはちょっと仲がよすぎるような、友情を超えたようなきずながあってそれが引き裂かれるみたいな、そういう話として読んでいた。

傘張の家の娘と情を通じたという疑いに対する「しめおん」の怒り方は、たんに友情が裏切られたという以上のもっと複雑なものがあったのかもしれない。要するに恋愛感情に近いようなものを「ろおれんぞ」に対して持っていたのではないか。それなのに傘張の娘とのあいだに子どもを成したのか、ということに対する怒りが「しめおん」の無意識にある、とそういう話なのかと思ってぼくは読んでいたんですけれども、それがじつは「ろおれんぞ」は女性だったということになると、そういうつもりでぼくが読んでいたのとちがう感じになってしまう。その場合に、男と男の微妙な恋愛的な友情の話だと思ったのが、相手が女性だったということでちょっと俗に感じられてしまうところもあると最初は思ったんです。

もういちど読んでみて、こんどはなんで「ろおれんぞ」が女であることを隠して少年のフリをしているのか、という話として読む。すると「ろおれんぞ」が自分が女性であることを隠すというか、自分は女性ではないと思っている女性なのか。と、そういう感じで読みましたね。

女性であるということはその属性によって自分が置かれている立場とか、自分が他人からどう見られるかという存在として扱われるから、人と人との関係も変わってきてしまう。だから教会を追い出されて乞食の群れに落とされるときに、女性であることが分かっていれば別の意味でもっとひどい目に合っただろうとか、あるいは「しめおん」ももし「ろおれんぞ」が女だと初めから分かっていたら、当然接し方も全然ちがうものになっていた。

ということは「ろおれんぞ」と「しめおん」との関係がこの小説のいちばんの主題だと思うわけです。そこがすごく印象に残るというのは、やっぱり男女の恋愛っていうものではないからですね。ナヨナヨした少年とゴッツイ男との関係ではちがいがあるけれども、この二人はたぶん対等の存在というか、同じ人と人との友情ということですね。そこになにか友情にしてはより強いようなきずなというのが感じられる。それはなにかよい関係なのだけれども、同時に危うさを秘めているような感じがする。その危うさがこの事件でニセ妊娠事件というか、ニセ姦通事件で暗示的に出てくる。小説としてそこがドラマチックなんだけれども、じつは女性だったということによって、逆になぜ特別な印象を持ったのかともういちど考えさせられる。

司会　いまのGさんの発言が小説の大きなテーマになってくるとは思うのですけれども、最初に「ろおれんぞ」は自分の故郷を「はらいそ」と言いましたね。父の名を「でうす」と言いましたね。そのあたりがいまの問題を掘り進めていくためにはありうる視点かと思いますね。

四　ウォラギネの『黄金伝説』との関連

D　「でうす」「はらいそ」の話の前に、最後女性であることが分かるという展開があるわけですけれども、いろいろ調べている人たちのある程度常識になっているのかどうか、龍之介はここで『れげんだ・おうれあ』は自分の創作だと言って、日本のキリシタンから伝わってきた『れげんだ・おうれあ』だということにしているわけですが、『れげんだ・おうれあ』自体は先生もおっしゃったように十三世紀に書かれていて、細かい描写がなく、事実を積み重ねていくという文体ですね。

わたしは人文書院版の訳で見たんですが、第七十九章に聖女マリナの物語がある。マリナの父親が修道院にはいるときに子どもを連れていっしょにはいる。その子がマリナという女の子だけれども修道院は女人禁制なので男装させるわけです。男装させられているのでマリノスという名前になっている。やがて修道僧としての仕事をするためある家にマリノスが泊まりがけで行かなければいけないことになった。その家の娘が妊娠した。やってきた修道僧のせいだということにされて、疑われたマリノスがもとの修道院からも追放される。追放されて乞食同然の生活を余儀なくされる。くだんの家の娘に子どもが生まれた。その子どもをマリノスが自分で引き取った。下働きをして暮らしていたけれども、マリノスが死んだあと、修道士たちが遺骸を洗おうとして、じつはマリノスが女性だったということが分かった。これが聖女マリナの物語です。

似たような物語が百四十何番目かにもある。「カテリーナ」というので、やはりそれも死んでみたら女性だったと分かったとある。似たような物語が三編ぐらいは『黄金伝説』のなかに出てくるのです。ですから明らかに龍之介は『奉教人の死』を作ろうとしたときに聖女マリナをベースにしていると思われる。

しかし、そこに持ってゆく行き方ですね。舞台は日本で室町時代、しかも長崎という場を選んでいる。あの時代に合ったかたちで物語を作った。やはりそこは巧妙な構想であることを思わせる作品になっているわけです。もともとのベースになる話を前提において読んでみると、その巧妙さがますます感じられますね。

『黄金伝説』のほうが比較的脚色もなく事実を記録していくというかたちになっている。だから芥川のすごさはこれでいよいよ分かる。『きりしとほろ上人伝』も巨人伝説みたいな奇想天外な物語ですが、そのほか『南京《なんきん》の基督《きりすと》』とかキリスト教に関する龍之介の作品のなかで、これがいちばん優れている。すごい作品だなと改めて思いましたね。

もう一つついでに指摘しますと、「ろおれんぞ」という名前なんですけれども、もともと龍之介はこの作品を発表したときには、「ローラン」という名前にしてあった。それを新村出《しんむらいづる》が「ローレンゾ」にすべきではないかと言った。『レゲンダ・オウレア』のなかに入っているものので、ローレンゾはキリスト教が禁止されていたローマ時代に、キリスト教徒ということが分かって焼いた金の網の上で焼き殺されてしまう。焼かれながら本人が、こっち側はもう焼けたけれど、こっち側はまだ焼けていないぞと言ったという。見ている人たちはそこで信仰を深くしたという話がある。それで龍之介は「ろおれんぞ」とした。

ただし、そこにほころびが少しあって、あり得ない日付が初めは書かれていた。あとで直した。われわれがいま読むときには直してあるやつを読んでいるわけです。

A　西暦のほうはあり得ないから直した。西暦は直ったけれども中途半端に直した。だから「慶長二年」は直っていない。

D　最初は「慶長元年二月」だったかな、そう書いてあったのを「慶長二年」に直した。

A　それでも西暦と合わないらしいですよ。

D　「平成」がいまの「令和」に変わったときにあり得ない月があるわけです。たとえば「令和元年一月」はない。それに類する矛盾が指摘されたんでしょうね。でも指摘した人たちも、初めはおかしいと思わなかった。

司会　最初のAさんの話ですと、その語り口ですよね。本物の本があるのかと学者が探し求めて、いまのようにつじつまの合わないところがだんだん分かってきたということですね。

五　志賀直哉の批判

B　幼い十代のころのわたしにとって芥川はなんか尊敬する作家という印象があったんです。高校を出て作品から少し遠ざかるんですけれども。

E　わたしね、十何年か前の講座にも出ているんです。そのとき出席して、自分でなにを言ったかをちょっとだけ覚えているのは、もし高校生ぐらいのときにこれを読んだら、「素敵ね」と思ったと思いますと。そう言ったらAさんは「いまはどうですか?」とお訊きになった。

A　ああ、そうでしたね。記憶に残っている。それで、いまはどうですか（笑い）。

E　いまだったら、とても素敵というふうには言えないですね。

司会　ロマンティックな話だったら、とそのときの記録に残っていますよ。さて、まだ発言されていない方でいかがでしょうか。Hさん、どうでしょう。

H（五十代男性）　この作品はいろんなエピソードがあるんですけれども、志賀直哉が書いていることもその一つですね。沓掛《くつかけ》に住んでいた志賀直哉を龍之介が訪ねて行ったとき、志賀直哉がこの作品について、最後にきて背負い投げをかけるという作品は自分はどうも好きじゃない、タネを隠しておいて最後にポンとやるというのはどうかなあというようなことを言った。芥川は自分は芸術というものが分かっていないんだとポツリと言ったと。それをそのまま読んで、芥川はほんとうは分かっていないんだなと言う人もいる。しかしそういうことではなくて、芥川の技巧というものがいかになされているかということを見ないといけない。

そこで、芥川の得意なね、初めから明かさずに、最後のところで女性だったと、一つの企みというか、意表を突くというかたちにしている。それはもちろん問題はあるでしょう。傘屋の娘が隣の男と通じていたというのが一つの意外性ですけれども、主人公がじつは女だったというのが意外性の二回目で、そういうことが技巧に過ぎているんじゃないかというわけだけれども、それが芥川という人の一つの特色なんですね。

内田魯庵は完全に騙されてしまい、芥川に「原本を見せてくれ」と言ってきた。これは有名な話なんです。何人もひっかかってしまうぐらい物語の完成度が高い。内田魯庵は「芥川には一本取られちゃったよ」みたいなことを言っていて、もちろん怒ったとか憎んだとかいうことではない。それぐらい完成度の高い物語にまた一つの感銘を受けたとも言っている。

　ですから芥川が二重に騙しているというか、これは自分が作ったんですと言いながら、ほんとうはいまDさんが言ったように『黄金伝説』が巧みに応用されている。それをそのまま使わず手を凝らしている。もう一つ『きりしとほろ上人』のほうも面白くて、それはゆったりとした物語で、これもさすがに芥川です。次から次へと作品にしてはそこに魂を吹き込んでいく。

　それでも、この作品は悲劇的なもので芥川らしいユーモアがないなあと初めは思っていたんですよ。よく読むと、いやいやそんなことはない。「しめおん」が火事のところで逃げるわけでしょう。火事と聞いて「しめおん」はバッと出かけてくるんだ。けれども火勢があんまり強いのを見て、これはもうしょうがない、神の決めたことだから諦めなさいとあっさり言っちゃうわけですね。

　つまりいちばん信仰の厚いと思われる「しめおん」みたいな人でも、これは前世からの定めだとポロっと言ってしまう。まあ、人間らしいんですけれどもね。それに対して「ろおれんぞ」が対照的に描かれている。小さい物語ですけれども、読者を引っ張ってアッと言わせるような作品にしている。志賀は「こういうものはちょっとどうかな」と言うのだけれども、まあ、文学観のちがいでしょう。虚構の作品ですからいろいろ破綻はあるんだけれども、それでもこれだけのものを作ってしまう芥川という人のすごい力というか文学性ですね。

　それから『じゅりあの・吉助』。これも超短編なんだけれども、そのなかで芥川は、自分はこういう愚人、純粋な愚人が好きなんだと言っている。芥川という人は人間のいろんな虚偽とか嘘とかを見てきた。それだけにこういう聖書のなかにあるような人間の真心《まごころ》を美しい奇跡的なことと解して非常に惹かれた。それがこの作品の最後のところに出ている。火花を命と取り換えてもいいと言った芥川らしい作品だと思います。

司会　はい、ありがとうございます。

C　いまHさんが言われた「しめおん」ですね、火のなかに入ろうとしたけれども火勢の強さに負けて引き返してしまう。そして、これはもう神様が決めたことだから、と言うわけですね。そこにわたしも注目させられたんです。そのすぐあとに「ろおれんぞ」が来て、火に飛び込んで子どもを助けて戻ってくる。けれども梁が燃え落ちてきて下敷きになってしまう。すかさず「しめおん」が助けていますね。「ろおれんぞ」は女性としてと言ったらこの時点ではまだ言い過ぎか分からないけれども、報われていると思いました。「しめおん」は「ろおれんぞ」が火のなかにはいったときにお祈りをして、「助けたまえ」と言う。「ろおれんぞ」にとっては、おそらくとてもうれしかったと思うんです。その気持ちが最後のシーンで、「『はらいそ』の『ぐろおりや』を仰ぎ見て、安らかなほほ笑みを唇に止めたまま、静に息が絶えた」というくだりにつながるわけなんですね。

六　いまだ出ぬ月の光を捕らえてこそ

司会　司会のわたしも発言していいでしょうか。いまの箇所に関連するのですけれども、Cさんのおっしゃったのは、原文で言うと「その時翁《おきな》の傍から、誰とも知らず、高らかに『御主《おんあるじ》、助け給え』と叫ぶものがござった」というところですよね。この一行が、そうか、これが文学なんだとわたしが思ったところなんです。

というのは、みなさんが一度目に読まれたときに非常に印象に残った文章が別のところにもあったと思うのです。それは「一」の最後のところです。

「暗夜《やみよ》の海にも譬《たと》えようず煩悩心《ぼんのうしん》の空に一波《いっぱ》をあげて、いまだ出ぬ月の光を、水沫《みなわ》の中へ捕えてこそ、生きて甲斐ある命とも申そうず」というところです。

まだ月の光も出ない、その水沫のなかに光を捕えてこそ、と。ではこの短編のどこにそれが描かれているのか、というのがわたしの関心だったんです。それがいまの「御主、助け給え」という叫び声だった。

というのは、周りの人たちはみなすでにあきらめているわけですね。「しめおん」もそうですね。「『でうす』万事にかなわせたもう御計《おんはか》らいの一つじゃ。詮ない事とあきらめられい」とかれは言っている。そのときに「ろおれんぞ」が放つ「御主《おんあるじ》、助け給え」という声は、「助けてください」という意味の祈りではない。一つの意志というか、もっと積極的なものです。そこがすごい。このとき、わたしに連想がきたのが柿本人麻呂《かきのもとのひとまろ》だったのです。

万葉歌のなかで人麻呂が歌っている、「妹《いも》は門見む　靡《なび》けこの山」です。自分の妻と家に別れを告げて故郷を離れていくときのことを歌っている。だんだん自分の家から遠ざかっていって、門を曲がって、山も越えてしまって、山向こうに自分の妻と妻が独りで暮らすことになる家がある。そのときに人麻呂が自分の愛する妻をいまひとたび見たいと願う。それで、この山よどうか靡いてくれと、お願いだからどいてほしいと、そういう歌なんです。人間が切実になにかを願うというのは、山をも靡かせるぐらいの積極的なものであるべきだとわたしは思います。そしてその積極性がどのように文学のなかに描かれているかを見届けることが大事なことではないか。

A　なるほど、まさにそうだ。

司会　ですから、この「御主、助け給え」というのも、人麻呂が言うところの、山を靡かせるぞというくらいの力強いものだったろう。この一行があるからこそ、いちばん最後にナレーションとして語られる、いまだ月が出ない、煩悩に満ちたなかに、月の光をこうつかむことができる、という積極性ですね。それが「御主、助け給え」のひと言の叫びのなかにはあると思いましたね。

B　ちくま文庫で言えば、二〇〇ページつまり大火の場面ですね。そのときに「しめおん」がいったんは救出に入ろうとしたけれども、あまりの火の勢いで一目散に逃げてしまって、それで「詮ない事とあきらめられい」ということになるわけですね。「しめおん」は情愛がある信心もあるし、友情、その時点ではまだ男性と思っている「ろおれんぞ」に対する友情も育てていけるし、というイメージを「しめおん」に対して持っていたんですけれども、この場面でちょっと俗人的な一面を見たような気がしたんです。

司会　その「しめおん」と対照的な「ろおれんぞ」の言葉と行動、そこに龍之介のキリストというもの、ひいては龍之介の文学の本質がありそうな気がします。
　なんで現代にこういうものを書いたのか。どうしてそれを現代の読者が読むべきである、読むに値すると思ったのか。その答えが「しめおん」と「ろおれんぞ」の対照のなかにあるのではないか。わたしもみなさんがこの場面をどう読まれただろうと関心があるわけですけれども。

B　あと一つだけ言わせて。傘屋の娘が「ろおれんぞ」に恋ごころをいだいて、教会に行っても色目を使う。「ろおれんぞ」は見て見ぬふりをとおしているけれども噂話がどんどん広まっていきますね。わたしはこの時代背景とか中世のヨーロッパのキリスト教の世界というのは分からないし、それをこんど読んでおく余裕が全然なかったので、「ろおれんぞ」が最初男性だと思いましたから、二人がほんとうに恋をしていたとしても、なんで破門にいたるまでになるのかと疑問に思いました。みなキリスト教の信徒たちでしょう。

G　「しめおん」は赤ん坊を助けるために火のなかに飛び込めなかった。けれども「ろおれんぞ」はそれをやった。その「ろおれんぞ」を助けるためには、「しめおん」も飛び込むことができた。ということは、「ろおれんぞ」の行動に打たれたということだと思う。周囲の人たちは、自分の子どもだからこそ「ろおれんぞ」は飛び込んだのだと解釈して、それが親子の情なのだと思っている。それが尊いと思っている。けれどもじつは、なんのいわれもない赤子を助けるために飛び込んだ。そこがいちばんのどんでん返しかとぼくは思ったんです。

要するに、自分の子どものためだったら、親はたとえ火のなかだったとしても飛び込む、というのが俗人の心情だし、価値観なわけでしょう。それがキリストに仕えているはずの信徒衆の考えでもあった。ところがまったく自分の子どもでもなきゃ、その子どもの母親は自分の恋人でもなんでもない、その子どもを助けるために「ろおれんぞ」は飛び込んだ。自分をひどい目に合わせた人の子どもを助けるために飛び込んだ。そのことが殉教だと、「まるちり」だと人々は言い合わせるわけです。

普通は「殉教」と言うと、キリスト教の教えを守って転向しないで死ぬことであり、信仰のために命を懸ける、あるいは十字架を守ることかと思うけれども、「ろおれんぞ」の行為はある意味でキリスト教の教えとも直接関係ないような行動でもあるわけですね。しかしそれこそがじつはほんとうのキリスト教の憐みというか、善きサマリア人じゃないけれども。自分とはまったく関係がない、あるいは敵、恨みがあるような相手のためにも命を捨てるという、その行動は他の奉教人とか、「しめおん」のようにそれまでの俗人的な考え方に囚われていた人間も変わるきっかけになっている。それが「ろおれんぞ」の行動のすごさというか、凄まじさ、尊さということだとぼくは思う。

完全に無私の行動によって、改めて真にキリスト教的概念というか、われわれが考えている宗教上の信仰とはちがう意味の、次元がちがうような信仰のために「ろおれんぞ」が死んだというところが、いちばんこの作品の肝心なところではないか。それが「しめおん」たちを打って目を覚まさせるところではないか。そこがキリスト、バテレンとか、キリシタンを風俗的な面白さとはちがう必然性として龍之介が作品に取り上げた理由ではなかったかと思いますね。

司会　わたしの考えはちがうんです。Gさんは「無私」という言葉を使われたじゃないですか。あるいは、「しめおん」の目を覚まさせるということを言われたじゃないですか。でも、「しめおん」がどう思おうと「ろおれんぞ」にとってはもう関係がなかったんじゃないですか。

G　それはもちろんそうだ。「ろおれんぞ」はなにも考えていない。ただその赤ん坊を救わねばならないというのでやったんだろう。周りの人間がそれを見てただ打たれた。

司会　そこになにか自己本位的なものというか、信仰のパッションというか。神を信じない人間であっても持つべきなにか、人間の情熱の本源があるのではないかとわたしは思うんですよ。自己犠牲的という行動ではなく、殉教するのかしないのかという話でもなく、そこに向かう「ろおれんぞ」の主体というか、それを他の信徒のこととか、「しめおん」を含めてですけれども、周りとの関係で考えるとわたしはちがうのではないかと思うんです。

B　Gさんが言われたのは、「ろおれんぞ」が自分ではそういう意識はまったくなくて、だけど「ろおれんぞ」のほんとうに他意のない、自分の命のことよりも幼子を救おうという思いだけで行動するというその姿が、周りにも影響を与えるということでしょう。
　策をめぐらして私利私欲のためにやるのとまったく逆の行為。周りが「ろおれんぞ」の行為を見ることによってそこからなにかを受け取る、ということがGさんは言いたかったのじゃないですか。

司会　いや、あえて言えば、そこもわたしは懐疑的です。だってきのうまで石を投げていた連中じゃないですか。それが「ああ、殉教だ」といまさら言うわけですね。その変わり方というのはなんなのか、とわたしは思うわけです。

G　なるほど。

司会　それ以前も主体性はないし、それ以後も主体性がないと思うんです。「殉教だ、殉教だ」というのもいったいなんなのか、と思うんです。

B　なるほどね。

司会　短編ですからそれ以上に深く人物を掘り進めるということは作者はしていませんが。

H　さっきDさんが聖マリナ伝から取ったという話をされてましたでしょう。その伝説には「しめおん」みたいな人は登場していないでしょう。芥川が創造した人物と思う。一つの人間タイプとして。「ろおれんぞ」と対比させている。こういうところが芥川のすごいところで、「しめおん」という人がいなかったら、なんかつまらない話でしょう。「ろおれんぞ」のことだけでああそうですかという話になってしまう。「しめおん」は普通の信徒ですけれども、カッとなってぶったり、火の勢いに気圧されて戻ってくる。普通の人間としたらこれは当然でしょう。「もう、駄目だね」とか言って、あとは神にお祈りしましょうというところを、芝居の敵役じゃないけれども読者に見せておいて、その次に「ろおれんぞ」の行為があるわけです。それを見たとたんに、「しめおん」がハッとなって助けにいくというところが、非常に細かいけれども劇的に作ってある。短い小説ですけれども、ぼくはその構成と語り口がみごとだなあと思うんですよね。

司会　ここまで作品の内部にも相当発言をしていただいて、議論も盛り上がっているところではあるんですが、時間がぽちぽちというところです。最後にこれだけは発言しておきたいという方がおられましたらどうぞ。

B　ちくま文庫では二〇七ページなんですが、さっき司会者がおっしゃったのかな、「一」の最後の一節です。

「その女の一生は、このほかに何一つ、知られなんだけに聞き及んだ。なれどそれが、何事でござろうぞ。なべて人の世の尊さは、何ものにも換え難い、刹那《せつな》の感動に極《きわま》るものじゃ」というくだりですね。そのあとに「暗夜《やみよ》の海にも譬えようず煩悩心《ぼんのうしん》の空に」と続きますけれども、わたしはこの作品のすごさを最後まで読んだときに感じたんです。けれども、じゃあ殉教者だからすごいのか、現代に生きる自分たちにとってこの作品から自分のなかになにを取り入れればいいんだろうって考えたんですよ、いちばん最後にね。

人間の尊さとか人の世の尊さというのはなんなのか。わたしはもう人生八十近くになるまで生きてきて、そのつど懸命に生きてきたつもりですけれども、あらためて『奉教人の死』を読んで、いまの自分に問うているというか、内省ですね、結論は出ないんですけれども。これはすごい作品だと思うことは、いまの自分に、なにをどうそこから自分が引き出して自分の生き方にプラスにできるんだろうか、ということを考えさせられるからなんですね。

司会　ありがとうございます。最後に講師のAさんからきょうの討論を経て、あるいはお考えを合わせて、現代人にとってこの物語がどういうものであるのか、龍之介文学、文学とはなんなのかという話になるかとも思いますが、最後にお話をいただければと思いますがいかがでしょうか。

七　人間に絶望を乗り越えさせるもの

A　結論にいたるかどうかはなはだ心もとないのですが、さっきHさんが紹介されたエピソードで、龍之介が志賀直哉のところへ行って、志賀直哉はそのとき『奉教人の死』について、「ああいう背負い投げを食らわすような作りは自分は好きじゃない」と言ったと。それに対して龍之介がぼくは芸術が分からないからと言ったということですね。そのとき論争になっていないわけですね。ところが龍之介はじつは論争家なんです。たとえば谷崎潤一郎と晩年近くになってすごい論争をしている。だが、志賀直哉とは論争しなかった。それと別のエピソードがあって、龍之介が漱石のところに行ったとき志賀直哉の話になった。龍之介が「志賀さんはどうしてああいう文章が書けるのでしょう」と言うと、漱石が志賀の最近の仕事はすごい、よくああいう文章が書ける、おれにも書けないと言ったそうです。

Hさんの紹介されたエピソードに話を戻すと、そのときの志賀直哉と龍之介のやり取りは、いまのわたしからすると、形式上の議論になっているんです。だけれども、たんに形式上の議論に終わらせるような読み方を志賀直哉がしたはずがない。やはり志賀直哉もすごい作家ですからね。

わたしがその場にいたとしたら、と僭越にも想像をめぐらすとですね、たぶん、『奉教人の死』は傑作ですと言いはったろうと思う。背負い投げを食らわされようがなんだろうが、それがどうしたのですかと言ったと思うのですよ。僭越至極にも志賀直哉に食ってかかったと思う。「背負い投げを食わされたのは悔しいから、おれはそんな小説で文学的感動を得ようとは思わない」と相手は言う。「それはあなたのやり方はそうではないでしょうが、しかし龍之介はアナトール・フランスやメリメあるいはモーパッサンの影響を受けた。それに対して志賀直哉は、そういう比較で言えばチェーホフ、つまりポスト・モーパッサンだね。オチのある話ではなくてオチのない話、オチのない文章を書いて人に感動を与える、という新しい文学の潮流をチェーホフは作った。その影響は全ヨーロッパに行きわたる。たとえばイギリスだったらヴァージニア・ウルフとか、あるいはウルフの好敵手と目されたキャサリン・マンスフィールドも初期のころはチェーホフのエピゴーネンと言われて、盗作だとまで批判されて問題になったぐらいです。

でも、英語圏ではマンスフィールドが出てきたときはみなびっくり仰天したんですよ。つまりストーリーがない。プロットもない。なのにこの感動はなんだろうと。それでヴァージニア・ウルフも奮起して、ストーリーに頼らない文学というものを目指した。ストーリーに頼るのは男の仕事だと。自分たち女性は男が作って、これが文学だと思うようなそういう様式や伝統や習慣や、つまりエスタブリッシュメントの言語表現、言語体制というものを突き崩さないと、女性独自の表現というものを打ち出すことができない。そこで悪戦苦闘したのがヴァージニア・ウルフです。キャサリン・マンスフィールドです。これはいわゆるモダニズムのなかのフェミニズムと呼ばれる大きな流れを作ってゆくんです。

ヨーロッパ近代の影響を受けざるを得なかった日本近代の文学もまた独自の戦場を作っていった。自然主義もあればプロレタリア文学もはいってくる。龍之介はプロレタリア文学からまったく問題にされなかった。志賀直哉もまた独自の自分の文学というものを模索して、父親とぶつかり、しかし父親のカネのおかげで生活しながら小説を書くという矛盾を生きた。だからお坊ちゃん文学と悪口を言う人もいるわけです。だけれどもたとえば小林多喜二は志賀直哉を尊敬した。

文学というものは一筋縄ではいかない。われわれがなにかの観念でもって、この作家はああだこうだと分類的に言って済ませることは出来ない。そういう読み方ではいくらたっても文学というものがいったいなにを目指しているのか、わがこととして肉薄することが出来ない。つまり自分はどう読むのか。自分というものがその文学のなかから、その文学の持っている血なり、神髄なり、肝なりをつかみ出すということは出来ない。われわれの発言も、まさにその人が命懸けで読んだんだなというような読み方をしなくちゃならない。そしてそういう読み方をぶつけ合うことによって、そこに初めて討論がいきいきとする。いやつまり討論という形式ではなく、文学そのものが立ち上がってこないといけないはずだ。たいがいの人が、大学教授がそうなんですけれども、ていのいい解説をやっているだけなんですね。論とは言うけれどもその論のなかに自分がいない。おのれがいない。志賀直哉が龍之介を絶句させたのはたぶんおのれというものを龍之介に感じさせたからではないかとわたしは思います。龍之介はそれを受け取った、というふうにわたしはそのときのエピソードをわたしなりに解釈しますね。

　龍之介はしかし初期のころから、『今昔物語』に題材を取って文壇にはなばなしく出ていった人でしょう。漱石の推挽を受けて。そのころの龍之介は自分は自然主義作家のようには、おのれのことは書かないと言ったんです。恥ずかしくて書けないと言った。『蒲団』を書いた田山花袋とか、ああいうものは書かない。だからストーリーを作るわけです。フィクションとして構築するわけです。そのために『今昔物語』や『レゲンダ・アウレア』を換骨奪胎する。そこからストーリー、プロットを借りる。借り物だけれどもそこに自分独自の命、魂を吹き込む。

それがおれの芸術だと。それを見せてくれているのがたとえばアナトール・フランスなんですよ。たとえばフローベール、モーパッサンなんですよ。ところがその龍之介も徐々に変わってゆく。ストーリーを自分で壊していくわけです。

『珠儒の言葉』というのがある。あれは龍之介のアフォリズム集でしょう。小説ではない。でも文学にはちがいありません。アフォリズムというかたちの文学です。最も天才的な先鞭をつけたのがなんといってもニーチェです。ニーチェは哲学者としてはやはり体系から出発した。ところがものすごい頭痛持ちで、長時間論理的に考えられない。いっぽうで若いときから音楽をやっていて詩人のセンスがあった。だから詩を書くように、散文詩を書くように、アフォリズムとして、自分の哲学を構築した。これはまったくのニーチェの独創ですね。反ヘーゲル的、反カント的、つまり反体系的、つまり頭痛という自分の引き受けざるを得なかった運命、ハンディキャップ、これを自分は喜びとするとニーチェは言った。つまり、健康か不健康かなどという近代医学の考え方を乗り越えた。頭痛で吐き気に襲われる。長時間ものを考えられない。体系的なものは『道徳の系図』とか『善悪の彼岸』とか初期の著作だけです。だから小康状態になったときに二行、三行書きつけるだけ。ところがその二行、三行に火花が散っている。それは龍之介ならばあの有名な「人生はボードレールの一行にもしかない」という言葉どおり、火花のような刹那《せつな》を見てその火花のなかに人生の本然と感動を見る、そういう人生の捉え方をする。

俗流に考えれば刹那主義になりかねないところでしょう。あるいは芸術至上主義などというレッテルを貼る。そうじゃない。まさにこのボードレールの一行とこの『奉教人の死』ですね、さっき司会者が引用した、まだ月の光が出る前に、水沫《みなわ》のなかにその月の光をつかみ取る。この勢いというか、情熱というか、これが若いころ、二十代から龍之介が目指したものなんです。そのためには、『今昔物語』も『レゲンダ・アウレア』もいろいろと借り物で自分は勝負する。かたちは借り物でもかまわない。

志賀直哉だっていろいろと試みがあるんですよ。かなりあざとい小説も書いています。そうかと思うとなにが面白いのか分からないような小説も書いている。それをみなありがたがっている。「小説の神様」だといってね。たとえば『小僧の神様』とか。あれはなにが面白いんだと言っている批評家だっていますよ。それから『暗夜行路』は失敗作だ、長編として構成が全然なっていない。結局は志賀直哉は短編しか書けない作家だとか、いろんなことを批評家や学者は言うわけです。だけども批評家や学者の言っていることをありがたがって自分もその尻馬《しりうま》に乗って、でもその自分自身はどう読んだか。その肝心なことが最後の最後まで分からないし、言えない。他人はどうだっていいんです。自分にとってなにに感動したのか、その感動をしっかり見つめることさえ出来るならば、他人はどうであれわれわれは文学と向き合ったことになる。学者は恐ろしがってそんなことやれない。恥をかきたくないからです。だからアカデミズムのなかにいて註釈ばかりやっている。そこから文学が生まれるなどということはあり得ない。

たとえば、三十代半ばで明治大学教授になった小林秀雄が教授職を振り捨てて批評家になった。小説家でも食えないのにましてや批評で食えるわけがない。じつは小林秀雄の従弟にあたる人がわたしの大学時代の教授だったんです。聞くところによると小林は若いころ一時期奈良に逃げたことがあった。収入なんてありませんから、わたしの教授が学生のころ生活費を奈良まで届ける役回りだった。小林が奈良に行ったのは女のこともあったんだけれども、当時は志賀直哉が奈良にいたんです。それで追いかけて行った。でなかったら京都に行ったかもしれないし、北海道に行ったかもしれない。でも奈良に行った。大仏を見に行ったんじゃない。志賀直哉がいたからです。毎日志賀の家に通った。そしてその仕事ぶりをまのあたり見て、「おれはとても作家にはなれない」と見きわめをつけてしまった。東京に帰ってきて批評家として再出発する。小説家にはなれなかったが、小説と同じぐらいの迫力を持った批評を書こうと小林は思った。これが小林秀雄の再生であったと聞きました。それからの小林は自分のことしか書かない。他の人が「あいつは自分のことしか書かない」と言っているがそのとおりです。自分にしか興味がないんだから。この世でいちばん興味があるのは自分のことなんだから。それを印象批評などと人は言うわけでしょう。言わせておけばいい。

どんな様式のどんな作風だろうと、その作品がもし本物で読むに値するものだったらそこには普遍性があるはずです。読んでいるわたしたちはなによりそれをつかめばいい。その一言がこの『奉教人の死』では第一部おしまいのこのわずか二行です。ここに要約されている。その一瞬を知る者は「ろおれんぞ」がどこから来たかとか、男だったか女だったか、関係ないと作者が言っている。性を超えている。物語の初めから、飢え死にしそうになって「ろおれんぞ」があの教会の前に倒れていたとき、もうすでに「ろおれんぞ」は自分がいったい何者かを人々に対して語っている。自分の国、故郷は「はらいそ」だと言っている。そして自分の父は「でうす」だと打ち明けている。こんなに若いのに、ここに自分というものを見定めている。それを韜晦《とうかい》というのは当たらない。「そんな若さで」と人が言うならそれこそものを知らない人です。世のなかには殉教者の伝説がいっぱいあるが、たとえばスペインの誰だったかな、ああ、アビラのテレージアか。わずか十歳に満たない、弟は六歳ぐらいだからヨチヨチ歩きですね。この姉と弟が二人して家出するんです。親たちが探して見つけて、「どこに行くつもりだったのか」と訊くと、なんと答えたと思います。「荒野に行って殉教しようと思います」と答えた。十歳になるかならないかの少女がですよ。やがて長じて聖女にまで列せられる女性の幼き日の有名なエピソードですが、そんな話がヨーロッパといわず世界じゅうに伝わっているでしょう。キリスト教の伝説のなかにも、イスラムの伝説のなかにも、仏教の伝説のなかにもいっぱいあるでしょう。

だからここで作者は言うべきことは言っているのであって、「どこから来たのか」とか「どこへ行くのか」と人は尋ねるだろうが、「それは本質上関係ないことだ」と龍之介は腹をくくって書いている。言うべきことを言っているわけです。先ほど司会者が指摘した「御主《おんあるじ》、助け給え」ですね。あのひと言に要約されているとわたしも思いますね。火の回りがあまりにも早かったため誰もがすでに絶望している。客観的には絶望でしかない状況です。でも助けたいという一心がこの絶望を乗り越える。これこそパッションというものですね。自らはひどい火傷を負って死ぬ。そこに受難を見たつもりになって、人々は「まるちり」「まるちり」、殉教だ、殉教だと言う。だが、それはかたちのうえで言っているだけです。きのうまで石を投げていた連中が手のひらを返したように言っているだけです。ここに描かれる大衆の変わりようこそポピュリズムそのものですね。信仰と言いながらポピュリズムそのものです。いつの時代にも見られる人間の心の軽薄さです。

信仰は常におのれ一人の問題ですよ。あいつも信ずるからおれも信ずるではない。あいつも行くからおれも行くではない。あいつも死ぬからおれも死ぬではない。あいつは死ぬかもしれないがおれは生きるということだってありうる。

そのおのれ一人を支えるものはなにかというとき、故郷は「はらいそ」そして「でうす」、これしかないと言っている。あのアシジのフランチェスコと同じですね。十数年前にこの短編を読書会で取り上げたときはそんなしゃべり方はしませんでしたが、今回、もう一回読み直してみよう、そして二十六歳の芥川龍之介に七十三歳のわたしがもう一回教えを乞おうと思ったのです。読み直してみて、いやもう頭《こうべ》を垂れるしかないですな。こんなものを書いたのか。この一作だけであとはなにも書かなくても、龍之介は日本近代文学史に燦然たる輝きを残した。自死を選んだ作家だといってもね、わたしは尊敬しますね。わずか十八ページのこの一作だけでも、龍之介はやっぱ小説家だなあと思いますね。以上がわたしがきょうの議論、ご意見をうかがいながら自分でもよくまとまらないまま考え、最後にはよけいなことまで口走って時間を超過しました。

司会　はい。では、きょうはここで閉じさせていただきたいと思います。ご参加、ありがとうございました（拍手）。

芥川龍之介略歴

一八九二年東京生まれ。東京帝国大学英文科卒業。卒業論文のテーマはウィリアム・モリス。早い時期に夏目漱石に認められ、文壇の鬼才とうたわれる。おもに短編小説を書いた。代表作は『芋粥』『鼻』『杜子春』『奉教人の死』『蜜柑』『蜘蛛の糸』『羅生門』『河童』『歯車』など。それらの作品はこんにちもなお多くの読者に読まれている。各種文庫で容易に入手出来る。生母の精神異常が自分に遺伝しているのではないかという疑念に悩まされ続けたが、近代人の自意識の葛藤ともあいまって死を急がせた。自殺の理由を「唯ぼんやりした不安」と友人宛ての遺書に書いたことは有名である。一九二七年没。三十五歳。

参考文献

芥川龍之介『奉教人の死・煙草と悪魔　他十一編』（岩波文庫）

第2章

いよよ華やぐいのちなりけり

——岡本かの子作『老妓抄』

作品紹介

かつての芸妓、いまは老妓となった「小その」と呼ばれる主人公が、一人の青年・柚木《ゆずき》の将来に可能性を見いだす。生活は全面的に面倒を見るから自分の思うことをやり遂げてごらんなさい、と言って、傍目《はため》には若い燕《つばめ》を囲ったと思われるのもかまわずに、発明好きなこの青年の面倒を見ようとする。

柚木青年は確かになにかを目指しているところがある。だが、自分がなぜ老妓によってこれほどの厚遇を受けているのか分からない。そのため、次第に自分の境遇に対して満たされないものを感じ始める。というよりも実際には、老妓の存在感と気迫にたじたじとなって、とうとう逃げ出してしまう。といってもほんとうに行方をくらましてしまうのではない。老妓が探そうと思えば探すことが出来るようなところへ身を潜めるだけである。案の定老妓が人を使って呼び戻す。そういうことを繰り返す。

一　駆け抜けた生涯

司会　本日は岡本かの子作『老妓抄』です。いつものとおり最初にAさんからお話しいただいて、その後討論にはいりたいと思います。それではAさん、よろしくお願いします。

A（講師）　こんばんわ。岡本かの子は画家の岡本太郎の母親で、夫は岡本一平といって漫画家・随筆家としても活躍した人です。

短編小説を以前いくつか読んで感銘を受けましたが、なかでも『老妓抄』という作品には深く感動するところがありました。ぜひこの物語を取り上げてみなさんの感想と意見をうかがいたいと思ったわけです。

発表されたのは亡くなる数か月前です。昭和十三年（一九三八年）の十一月、『中央公論』に発表されました。翌年の二月に逝去している。その年すなわち昭和十四年（一九三九年）に『老妓抄』というタイトルで短編集が刊行されました。作家の林房雄が生前岡本かの子を高く評価して、森鷗外、夏目漱石に匹敵するとまで絶讃しました。それが妥当な評価であるかはともかく、わたしもいくつかの短編を読んで非凡な才能の持ち主であったと思います。驚くべきは小説家として活躍したのは、四十五歳から亡くなる五十歳までの晩年の五年間くらいだったことですね。そのあいだに沢山の秀作を残している。亡くなったあとも遺稿が発見されて、夫の一平がそれを編集して雑誌に発表しました。

岡本かの子は小さいころから文学好きでした。最初は短歌の詠み手として与謝野晶子に師事した。すぐ上の兄が文学好きで谷崎潤一郎たちと第二次『新思潮』を刊行したという影響もあって、谷崎の耽美的な文体、華麗な文体で散文を書いた。ですが、短歌を詠む人らしい感受性も、文章のあちこちに感じられるようです。

平塚らいてうとも親しく交流があって『青鞜』にも加わりました。小林秀雄や川端康成たちが『文學界』を発足させるにあたっては資金的な援助もおこなった。これらのことは年譜にも出ていますね。

五十年の生涯でしたが、旺盛な生命力を強烈に発散して駆け抜けた半世紀だった。年譜あるいは文学事典等の岡本かの子の略歴を読んでいるだけで、心を動かされぬわけにいかないものがある。岡本一平とは二十歳そこそこで結婚していますけれども、それ以前から熱烈な恋愛を繰り返し、結婚後も恋愛を繰り返した。恋愛相手の男性を自分の家に同居させる。夫は夫で放蕩を止めず、かの子は統合失調症一歩手前、あるいは憂鬱症へと追い込まれる。その苦しみを見て夫は悔悛した。そしてこんどは妻の力になろうと考える。その力になるなり方が一平は独特ですね。妻を慕って来る青年を自宅に同居させてその恋愛関係を黙認したのです。それも一人二人にとどまらなかったというのですから。

一人息子の太郎が二十歳になろうかというころ、家族でヨーロッパへ長期の旅行に出た。太郎はそのままパリに留まるのですが、一平とかの子は欧州からアメリカへ旅を続けて、三年くらい経ってから日本へ帰って来るのです。ここでも驚かされるのは、その旅行にもかの子の恋人が二人も同行していたということが年譜に出ているんですね。

当時はもちろんのこと、現在のわれわれの感覚から言っても尋常ではないでしょう。よく言えば非凡と言えるでしょうが、われわれの常識的な観念を逸脱するようなすさまじい生活を送ったように思われる。しかし文学者にこれは前例がないことではなく、たとえば斎藤茂吉や金子光晴にしても、夫婦間の危機、亀裂といったようなものを抱えたままで欧州へ行っています。ほとんど放浪するようにして夫婦二人の関係を見つめるというような生き方をしている。ですから実例をもってすれば、とくに珍しいということではない。それでも年譜で、妻が夫公認の恋人を二人も同行させたというのを読んでいると、そのすさまじさにほとんど感銘にも似た感動を受けてしまう。

日本に帰ってきてからのかの子は、最初一年くらいは仏教関係の雑誌に随筆などを発表していました。そのうち小説を書くようになる。小説創作に集中していって、昭和十二、三年から亡くなる昭和十四年の初めにいたるほんのわずかな年月のあいだに、日本近代文学史に残る秀作を次々に書きました。

かの子のすべての作品を読んでいるわけではないので断定的なことを言う資格はありません。ですから、岡本かの子という作家および作品に表われているものを一言で要約するのはむずかしいのですが、代表作の一編と目される『老妓抄』をとくに選んだ理由はわたしなりにあるのです。それをこれからみなさんと語り合いながら、お話ししたいと思っています。

二 いよよ華やぐいのちなりけり

A 時代から言っても、女性の自我の目覚め、解放という大きな歴史的な動きがいっぽうにあって、平塚らいてう、与謝野晶子の文学、思想を介しての交流からもそれがうかがえます。それと同時に岡本かの子自身の生来の本質的な生の輝きや激しさとも言うべきものが、文学という表現のなかで爆発していると言って差し支えないのではないか。時代的背景や潮流というものももちろん考えざるを得ませんが、同時に作家自身の持つ激しいものがあった。それを包み隠さずぶつけて、自身激しく生きた稀有な女性の一人だったという意味で際立っていると思うのですね。
まず結婚生活において夫となった岡本一平がまた天才肌の人だった。非凡な人との結婚生活そのものが、最初から、たとえば高村光太郎と智恵子の関係のように、自我と自我との激しいぶつかり合いをまぬがれなかったように思われます。そこへ近代という問題がどのように関わるのかということですね。そこをわれわれは考えなくてはならないでしょう。きょうはどこまで深く掘り下げられるかは分かりませんが、視野にそのことは入れておかなくてはならないと思います。

さて『老妓抄』ですが、いまお話ししたようにこの作品はかの子の晩年の何作かの秀作のうちに数えられる名品です。発表当時から評判が高かった。芥川賞の候補作品にもなりましたが受賞にはいたらなかった。だが、こんにち過去二十年くらい、われわれが日本における現代の小説による芥川賞受賞作を思い浮かべて見るとき、『老妓抄』に匹敵する激しさ、強さ、高さを持った作品がいったいどれだけ生み出されているだろうか。はなはだ疑問に感じざるを得ません。このような作品が、作者がこの世を去るほんの数か月前に書かれた。しかも作者は生前、脳溢血による発作を繰り返し、三度目の発作を起こしたとき亡くなっている。だがこの作品をみると、病気による弱りなどはまったく感じさせません。

司会　それではみなさんが読まれてどのような感想を持たれたか、どなたからでもどうぞご発言ください。

B（七十代女性）　作品の読み方として、柚木《ゆずき》という青年の側から読むのか、あるいは老妓の側から読むのか、あるいはこの両者を客観的にわれわれが視野に入れながら考えてゆくのか、いろいろあると思います。わたしもこれからみなさんの意見や感想をうかがっていきたいと思いますが、短編小説としてしっかり出来ているなということをまず感じましたね。

司会　もう少しどうぞ。

B　「小その」つまり老妓が長年の辛苦でひととおりの暮らし向きが立つようになってから、この物語の作者のもとへ、下町のある知人の紹介で和歌を学びにきたという設定になっているわけですね。作者が「わたし」として出てくる。そこでその設定を明らかにしておいて、物語の最後に和歌の詠草が語り手のところに届きますよね。何作かあったなかで内容を傷つけないように改削を加えたものを作者は紹介しています。もちろん岡本かの子の歌なんでしょうけれども、そのようなかたちの設定が面白い。

この歌だけでもしばしば何処かで引用されているのを読むことが多いですね。かの子の短歌としても代表作でしょう。同時にこの作家のプロフィールを端的に表わす歌なのではないかと思います。

司会　すでにみなさんお読みですが、いちおうその歌をご紹介しておきましょう。「年々にわが悲しみは深くしていよよ華やぐいのちなりけり」です。

B　二十代、三十代の方はこの歌の持ち味というか、湛えられているなにかをどのようにお感じになられるか分かりませんけれども、中年を過ぎると、いよよ華やぐいのちなりけり、でありたいと思う。わたしなどは、わが悲しみは年々に深くして、というのももっともであるなあと切実さとともに感じられるところです。それなればこそ、いよよ華やぐいのちなりけり、と言いたい。それがわたしなんか、なかなか言えないでいるところなのです。

しかしかの子は五十になるかならずで死ぬ間際にこの歌を自分のフィクションの最後に掲げた。読み終わったとき感銘と同時にエネルギーのようなもの、パッションをもしみなさんもお感じになったら、わたしがこの作品から受け取ったものを共有することになるだろうと思います。

司会　作中ではパッションというのは色気というように日本語にうつしてありますね。パッションという言葉が当時はちょっとまだ日本語に馴染まないので、色気という言葉に変えてあるわけでしょう。

C（五十代女性） 現代のような軽佻浮薄で合理主義的でスピードを要求されて、結果だけが問題にされるような社会で、一途に生きる、あるいは愚直に生きるということ、この老妓のような晩年の送り方をどのように考えるのか、というのが一つわれわれにとっての挑戦ではないかと思うのです。わたしが作中最も感銘を受けたのは、次の老妓の言葉ですね。

「急いだり、焦ったりすることはいらないから、仕事なり恋なり、無駄をせず、一揆《いっき》で心残りないものを射止めて欲しい」

と柚木青年に向かって言う場面です。仕事であれ、男女のあいだであれ、混じりけのない没頭した一途な姿を身近に見て素直に死にたい。この心境はフィクション上の老妓という人物の心境のみならず、作者自身の心境の吐露でもありましょう。また、パリに残してきた息子に対する母親としての真情でもあった。それが太郎に宛てた手紙などでもうかがうことが出来る。ですからこの言葉は岡本かの子の人生観そのものを要約するひとくだりであろうと思いながらわたしは読みました。

D（六十代女性） あの、いきなり本論にはいりかけたようなのですが、ちょっと細かいところに戻っていいですか。初めのところですが、人々は真昼の百貨店でよく老妓を見かける。目立たない洋髪に結び、一楽の着物を堅気ふうにつけ、小女《こおんな》一人連れて、憂鬱な顔をして店内を歩き廻る。恰幅のよい長身に両手をだらりと垂らし、投げ出して行くような足取りで、一つところをなんども廻《めぐ》り返す。そうかと思うと、凧《たこ》の糸のようにすっとのして行って、思いがけないような遠い売場に佇《たたず》む。彼女は真昼の寂しさ以外、なにも意識していない。というここの五行くらいのところなんです。

たとえば一楽の着物というのをちょっと調べたんです。綾織にした精巧な絹織物と出ていました。ということはかなり贅沢な高価な着物ということですよね。それを堅気ふうにつけ、というところがなにかちょっと、要するに堅気ふうというのは、わたしの知っているかぎりで言うと、おもに襟元と裾かな、という感じがするんですけど、襟元をぐっと緩《ゆる》くあけたように着て、裾はぞろっと長めに着るような、それが堅気ではない人の着方ですね。それをそうではない堅気ふうな着方をして、小女というのはいまで言う女中さんなんでしょうけど、それを連れて憂鬱な顔をしてと書かれています。けれど、わたしたちが百貨店に行くときは、あんまり憂鬱な顔で買い物はしませんよね。それから両手をだらりと垂らし、投げ出して行くような足取りというのもあんまり見ない。そして一つところをなんども廻って、そうかと思えばすっとちがうところへ行って、という様子はアクションとしてとてもよく書けているんですけど、ものすごく超一流なお洒落《しゃれ》という感じを持ちましたね。この場合のお洒落というのはわるい意味で言っているのではありませんが。

司会　続いてどなたか。

E（六十代女性）　岡本かの子は高校のときからもうすでに何人も若い男の人とのことがあったりすると聞いていたので、ちょっと苦手かなと思って読まなかったんですけど、きょうのこの作品を小説として読むと、出だしからすごいと思うんですよね。それから四行でその人の姿かたちを書いている、書くことが出来る。そのような表現者としての優れた素質をそなえていたんだなと思いました。

司会　Fさん、ご発言まだですよね。

F（七十代女性）　小説としてとても面白かったと思います。ただこれをどういうふうに読み解くのかなというのが自分ではよく分かりませんでしたから、そこをみなさんがどうお読みになったのか、お話を聞いてみようと思って出てまいりました。

G（四十代女性）　漢字とか言葉遣いがむずかしくて、何回読んでも情景とかイメージがつかめなくて、ページ数が少ないのですぐに読めると思っていたのですが、二、三ページ読むと忘れてしまって、結局おとといときのう、もういちど見てみたのですがやっぱりよく分からないというのが正直なところです。きょう昼休みにインターネットで見ていたら現代仮名遣いの版があったので、それを急いで読んで、ああ、こういう内容なんだということがやっと分かりましたが、感想を述べるというところまでは行っていないという感じなんです。

でも、自分がちょっと思ったことは、この老妓は電気のことに興味を持ってますよね。わたしもデジタル的なこと、ハイ・ビジョンとかブルーレイとか興味があって、いろいろ話を聞いたとき、よく分かっている人に会って話を聞くと、疑問が解けて嬉しいときがあって、その人のことを自分とは全然ちがう頭の構造を持っているんだなという感じがして、魅力を感じてしまうということがある。老妓の場合も青年に対してやはりそんな気持ちがあったのかなと思ったりしました。つまり、部屋をあてがって生活の面倒を見てやりながら、好きな発明をさせるというのは、自分とはちがうものを持っている人間に魅力を覚えたからではないかと。

H（七十代男性）　わたしは息子の岡本太郎の著作はいろいろ読んでいますが、母親のかの子は初めてでした。この作品の岡本かの子は好きになれないとまず思いましたね。この作品一つしか読んでいないので批評を言うのもどうかと思いますが、岡本かの子がなぜこういうものを書いたのかということが気にはなるんです。しかし一平との関係もいったいどのような関係なのか、よく分からない。理解できない。

作者と柚木という若者との関係にしても、作者と老妓との関係にしても、作者の目線はいったいどこからどこへ向かっているのか。どういう衝動からこういう作品を書いているのか、そこがいま一つ分かりませんでしたね。

司会　最後に出ている歌はいかがですか？　この歌も好きになれませんか？

H　先にこの歌があって小説を書いたということですよね。成り立ちはそうかもしれませんが、やはりそれはちょっとちがうなあと、違和感を持ちましたね。

D　わたしは、なにも急いだり焦ったりすることはいらないんだから、というところ、ここがいちばん自分のなかで印象に残ったところでした。やはり芸者という、どのような時代であれ、わたしたち普通の凡人から見ればたいへんな社会なんだなと思うんですけど、しかしそうした一般の通念とか観念を超えて、そのような環境のなかで生きてきた人でありながら、ずっと純粋な心、生き方をとおしてきたということを、この老妓のたたずまいから感じましたね。それがいちばん印象深かったところでしょうか。

老妓の立場から読むか、それとも青年の立場から読むか、あるいは両方を踏まえて読むかということをBさんが言われましたが、わたしは最初老妓の立場から読んで行ったんです。そしてだんだんこんどは青年の気持ちというか立場から読むようになると、ちょっと息苦しくなってきたと言いますか、老妓の最後の短歌にあるエネルギーというものもわたし自身経験したことがないし、たとえば、年々にわが悲しみは深くして、というのは還暦を過ぎてわたくしにもなんとなく分かることが多くなりましたけど、その後《あと》のいよよ華やぐいのちなりけり、というのは考えたこともない。なんだか別世界のような感じがして。

でも何回か読んでいくうちに、すごく素敵だなと思えてきました。たぶんそういう華やぐという気持ちがどこかにありながら、もう年なんだからと言って自分で抑圧してしまっているのかなという感じがしましたね。この時代に生きた岡本かの子よりも、現代のわたしたちのほうがはるかに常識的に生きているのではないかなと、疑いというか疑問にも似た気持ちを持ちました。

A　それを言葉を変えて言えば、岡本かの子ほどの抑圧のなかでわれわれは生きていないということかもしれませんね。岡本かの子は生まれた家が豪商の家で、家柄を非常に大切にするような家だったのです。かの子が文学の道を歩もうとしたことを両親はかならずしも喜ばなかった。それが、晩年になり、父親は自分が死ぬ前ごろには、歌人として名を成したかの子の短冊とかをほうぼうから集めてきて、それを読むのを楽しみにしていたそうです。その父親の後妻にはいった女性が、自分の娘なんだから直接に書いておもらいになったら喜びますよと言ったところ、それは出来ないのだ、おれは娘になにもしてやらなかったから、娘は一人でこうなったのだ、一人でこうなった娘に短歌を書いてくれなどと口が裂けても言えない、と生前お父様が言っていらっしゃいましたよ、と父親が亡くなったあとで後妻さんがかの子に伝えた、ということを小説のかたちでですけれどもかの子は書いていますね。

三　家制度の重圧

司会　岡本かの子のなかには、物質的、資産的に恵まれた家庭に生まれた反面、他方からするとものすごい家制度の重圧があって、彼女にはずばり『家霊』というタイトルの作品もありますね。あるいは文中にも家霊という言葉がたびたび出てくる。家というものが個人の才能の上にのしかかっていた。その重圧を生前ずっと感じ続けていたのだろうと思われます。

A　岡本かの子と前にこの講座で取り上げた野上弥生子ですね、家制度というものが日本近代の女性に対して本質的なところで足を引っぱり、上から押しひさぐような重圧であったということを考える上で、この二人の作を並べてみたわけなのですが、そのようなことを背景に置いてこの『老妓抄』を読んでいくと、やはり岡本かの子という作家が家霊、または家制度の重圧というものの意識がなかったならば、おそらくこのような小説、あるいはこのような短歌を詠む優れた歌人にまではなり得なかったかもしれないと思われるのです。

つまり、年々悲しみは深くなっていくというのは、誰しも自分の老いを感じ、人生になにがしかの経験を重ねていけば、楽しさよりは苦しさとか悲しさのほうが多いということは、経験上分かるわけですね。しかし、いよよ華やぐいのちなりけり、というのはなにか突き返す強さが内側になければこのような表現は出てこないだろうと思う。

司会　その突き返す強さが岡本かの子にはあったわけですね。では何処でその強さを彼女は学び取ったのでしょうか。

A　それは先ほども言いましたように、一つの時代のなかでともにたたかっている優れた女性たちを見ていたからでしょう。平塚らいてうや与謝野晶子、あるいは白蓮もその一人だったでしょう。時代と向き合いながら、詩を書き、歌を書き、エッセイを書いていた女性たち、また読者の組織だとか、集まりなどもあったでしょう。

しかし他方で、いくらそのような組織に付き合ったり、影響を受けたりしたとしても、自分の内部にそれを捉え返す主体性がなかったならば、強さというものは本物にはならないし自立もしない。そしてその自立への道は非常に苦しいものであったと思います。岡本一平との結婚でさえ、熱烈な情熱で夫は自分をもらい受けてくれたが、そして母親は一平に娘をよろしくと言ったが、父親は憮然《ぶぜん》としたままだった。それを見た一平はその後も最後までかの子の家には寄り付かなかったそうです。

父親が危篤状態のときに、しょんぼりしているかの子に対して、一平は、しょんぼりしているだけでいいのか、父親がやれなかったことをお前がやるんだろう、それをおれが見届けてやる、と言ったそうです。

岡本かの子はそういうなかから小説を書いていった。死後に発表された作品のなかでは、一平がモデルと思われる人物が、妻に向かって、お前が小説を書くのだったら、日本橋のまんまんなかで素っ裸で大の字になって寝るくらいの覚悟がなければ小説なんて書けねぇ、と誰かが言っていたぜ、と言うとそれを聞いて本人は身が引き締まるわけです。そうすると二十歳直前の息子が、つまり岡本太郎がそれを聞いていて、うわぁ、こりゃすげぇ、とはやし立てた、というところでその小説は終わっているんです。これもおそらく、岡本家のありさまとしてあながち虚構ばかりではないと思いますね。

つまり芸術家夫婦、息子もそうですが、芸術というそれぞれの自我を燃やし尽くすような激しさのなかで、この一家は成り立っていた。

火花を散らし合っていながら、しかしその火花のなかで理解もあって、また対立もあった。ですから尋常な人間の味わう地獄のような経験のその向こうに、なにかそれを突き抜けるものを見いだす視線、志、などがなかったら、岡本かの子は晩年に、たった五年のあいだにあのような作品を次々と書くことは出来なかったでしょう。しかも脳溢血ですでに二度も倒れながらですから。

岡本一平は一平で、自分の家のなかに女房に惚れている男を二人も抱えて、あまつさえ外国に行くときもその二人を連れて行くというような超常識的なことをやってのけている。なにか人間というものがこの世に生まれて死ぬあいだになにかをしようと思ったら、常識を超えなければ、あるいは常識的な自分に甘んじている次元を突き抜けなければ、新しいなにかを生み出すということは出来ない。その意味では一平もかの子も、息子の太郎も同じだったと思いますね。

そのような伝記的なことはいちいち考えなくてもいいかもしれませんが、『老妓抄』が小説としてどのようにして出来たのかを考えているうちに、年譜や略伝を読み、そしてさらに他の作品も読んでみると、そこにはやはり、つらぬかれた共通性があることが分かってくるんですね。ものすごい激しいものが共通性としてある。見事にまとまった珠玉のような短編のなかにも、その見事さの秩序を打ち破るようなパッションがある。そこがすごい、とわたしなんかは感動を受けるのです。

B　老妓の養女のみち子と柚木青年がじゃれ合っている場面があるでしょう。小説には露骨には書かれていないが、たぶんあのときに二人は関係が出来るわけですね。それでそのあと、雨のなかを老妓が訪ねてきてこう言うでしょう。

「ちょっとあんたに言っとくことがあるので寄ったんだがね。」

ここからのくだりも感銘の深いところですね。ほんとうに性が合って心の底から惚れ合うというのなら大賛成だが、お互い切れっぱしだけの惚れ合い方で、ただなにかの拍子で出来合うということでもあるなら、そんなことは世間にはいくらもあるし、つまらないことじゃないか、なんどやっても同じことなのだ、と。

A　なんどやっても同じことだというのは、この老妓でなければ言えない言葉だと思いますね。芸妓としてお座敷に出て、空しい経験を数多く重ねてきた老妓が、その空しさを胸に畳んでおいてさりげない言葉としてそれを言っている。ですからその後に続く仕事、あるいは男女の仲、混じりけのない没頭した一途な姿を見て素直に死にたい、というのは自分にはいま肉体では出来ないけれどもあんたにそれを託しているのだからぜひ見せてちょうだい、それがあたしの生き甲斐なんだよ、ということですよね。ところがこの青年はなにかまだもう一つ弱いところがあって、それに耐える力が出ないのです。でも老妓は青年をとおしてなにかに賭けようとしている。なにかに賭ける力は依然として衰えずに彼女の内側にあるわけです。

　このなにかに賭ける力、期待する力もまたパッションなんですね。自分が実現出来なくとも、後続の誰かに託す、あるいは誰かに可能性を見いだす、この可能性を見いだして賭けるということもパッションなんですね。そこに芸術というもののたんなる自我の表現だけにとどまらない広がりと言いますか、他人と他人とを結びつける絆になりうるのがパッションであって、自分自身のたんなる自己実現のためにパッションを燃やすということであれば、それは小さなパッションにすぎませんが、この老妓のそれだけの期待と心意気をこの青年がいまだ受け止めかねている。作者にはその両方が見えているわけです。

　作者は死を目前にして死の予感をもって書いているのかどうかは明確には分かりませんが、

老妓としての自分と、青年としての自分と、両方あって、それがせめぎ合っている。他の作品にもこれは作者のなかの二面性のたたかいだなと思われるものがあります。

司会　かいつまんでその作品を紹介してもらえますか。

四　自分を恃《たの》む強さとエレガンス

A　その作品では、夫婦で料亭に行って食事をしている場面がある。そのとき「かの子さん」と半玉を呼ぶ声が聞こえて、夫にお前と同じ名前だから呼んでやれ、と言われてそのかの子という半玉を呼ぶ。ところが作者はそれにわざわざ括弧《かっこ》で註をつけて、ここでは語り手も（かの子）、作者も（かの子）、作品に登場する半玉の女の子も（かの子）で、読者はそれを胡散《うさん》臭いと思うだろうが、しかしここには作者の切実さ、かの子にしなければ伝わらないものがあるのでどうか我慢してくださいという意味のことを記して話の先を進めているのです。

その作品の半玉の「かの子」という女の子は、自分が呼ばれたお座敷の客の「かの子」という有名な歌人のことを前から知っていた。尊敬もしていた。そのあとで自分の恵まれない家庭の身の上話を半玉自身が始めるわけです。そして語り手である「かの子」に対して、ぜひわたしのお母さんになってもらいたいと言うわけです。「かの子」はいいわよと言って承諾するのですが、それから十日、二十日と半玉の「かの子」は姿を見せなくなってしまう。そのうち、もう忘れかけていたころ、語り手の「かの子」がヨーロッパに行く話が出て、そのことが新聞に出たとき手紙が届いた。じつはあれからお目にかかっていませんが、わたしはあのときの「かの子」というものです。あの名前は本名ではなくいまは別の名前になっています、そしてあのときとはちがった生き方を選んでしまいました、と書いてある。

それに対して語り手の「かの子」は、そうかい、あんたは別の道を行くんだね、分かった、じゃあ、あんたの若さはわたしがもらったよ、わたしはわたしで生きていくからね、と心のなかでその若い女の子を突き放す。そして彼女が持っていたあの若さ、その若さに感動した自分を大事にして、「かの子」という子の若さの記憶を自分がもらう、という小説です。タイトルは『雛妓』、ルビは「おしゃく」と振ってあります。

司会　なるほど。あ、Ｉさん、どうぞ。

Ｉ（七十代女性）　話を『老妓抄』に戻させてもらいますが、物語の構成からしてこの作品は、最初と最後に作者が出てきて真ん中に老妓の話があるんですね。にもかかわらず作者イコール老妓だというぴったりした感じが両者のあいだにはあると思うんですね。とくに最後の和歌がそうですよね。柚木青年とのやり取りから言うと、この老妓は青年のなかに一途なところを見たいと言っている。でもそれが裏切られそうだということにかなり不安を持っているように感じます。

文中で言いますと、「やっぱり若い者は元気があるね。そうなくちゃ」と呟きながら眼がしらにちょっと袖口を当てた、というところにもそんなことが出ていると思われて、やり取りが面白いなと思います。

それと最初の百貨店での描写を読んでいても、まさしくこれは岡本かの子さんだなあ、という感じがしますね。真昼の寂しさとか、ね。

亀井勝一郎が文学全集の解説に書いているのを読むとね、かの子さんの文学というのは白痴性、童女性、魔性、そのようなものを抽出している、というように解説している。そのようなものは何処から出て来るのか。というのは、豊富な生命力を本質的に持っている人だからでしょう。そこから表現にも表われる。人も魅了する。

けっしてわるい意味ではありませんがナルシストだと思う。言ってみれば岡本一家は全部そう。つまり自分を恃《たの》む非常に強い人たちだったと思う。またそれを作品のなかで成し遂げている。そう思って感心しましたね。

司会　なるほどと思いながらうかがいました。お話のなかに、老妓が眼がしらに袖口をあてたというところがありましたが、それはどのような意味でおっしゃったのですか？

Ｉ　その続きの文章にもあるように、柚木が帰って来なくなったらと想像すると取り返しのつかない気がする、とあるでしょう。逃げたままになっては困るという不安の表われではないか、と思うわけですけど。

Ａ　ええ。ただ「やっぱり若い者は元気があるね。そうなくちゃ」と言っていますね。つまりこれは強がりなわけですよね。わたしはこの強がりが好きなんです。内心では、もし戻ってこなければ取り返しがつかないような気がするという、もしそうなったら決定的になにかを失ってしまうという恐れが老妓のなかにあるわけですね。でも人に向かって言うときの言葉の落差というか、本音と建て前とで矛盾があるわけです。でもその矛盾が大事なのではないかと思う。岡本かの子以外でこのような表現を持っている女性作家はあまりいませんね。宇野千代ぐらいでしょうか。

Ｉ　野上弥生子なども非常にまともに書いているけれどもこのような感じではありませんしね。

A　わたしはこういう部分を読むと思うのですが、ヨーロッパとくにフランスの女性作家たち、マルグリット・デュラスとかフランソワーズ・サガンなどにもそのようなところがありますね。たとえば、サガンの短編小説ですが、年下の男と付き合っていて自分は老いていきつつある。このまま付き合っていてもいずれ男は逃げていくと分かっている。でも強がっている。その強がり方にエレガンスがあるんですね。老妓の粋《いき》、見識といったようなものがちょっとそこと重なりますね。

B　同じところに、彼女は柚木が逃げるたびに、柚木に尊敬の念を持って来た、と書かれていますが、わたしはそれもちょっと引っかかったんです。

司会　なんで尊敬すると思いますか?

B　それはやっぱり自立しているということでしょう。

司会　そうですか。でもかれは逃げているんですよ。しょっちゅう逃げている。でも尊敬の念を感じざるを得ない、とすれば、それはどうしてでしょうか。ほんとうは袖口を眼がしらに当てて、内心の怯え、恐れを隠しているわけですよね。そのなかでその尊敬の念というのは何処から来るのか。

B　わたしが感じるのは、老妓自身が自分に対して批判的ということじゃないんですか。自分から逃げるということに対して、悲しいけど尊敬しちゃうということじゃないんですか。

A　柚木は、逃げても逃げ切れないところに身を潜めているわけですよ。探しに来るだろうということを予想して一時的に脱走している。だけれども、けっして脱走しきってはいない。なんでそのようなことを繰り返すのかと言うと、つまりじたばたしているんです。

たとえば老妓が釣り人で、釣った魚を魚篭《びく》に入れたとき、その魚が観念して魚篭におとなしく収まれば尊敬なんてしないでしょう。でもその魚が隙あらば逃げてやるというようにばたばたしたら、釣り人としてはその魚を往生際がわるいと思わずに、かえって尊敬するでしょう。ヘミングウェイの『老人と海』の老人が、針にかかったマカジキを尊敬するのもある意味で同じことです。柚木は逃げているのだが逃げ切らない。くたばることもない。ただどうしていいのか分からないでいるわけです。老妓のほうがはるかに強烈なものを持っていて、釣り糸はしっかりと老妓が握っているわけですからね。しかし同時に、老妓にはこれが切れたら取り返しがつかないという思いもある。この関係をそのように考えないと、尊敬などという言葉を使っても意味がないし、理解も出来ないと思いますがどうでしょう。

わたしが柚木だったらと考えると、こういう老妓のような人と面と向かっているのはそうとう苦しいだろうと思いますよ。相手は人生の終わりに近づいている年齢だ。それなのに、なにか強烈な存在感をこちらに感じさせずにはいない。それに引きかえ野心はあるけれども、もう一つ内側に向かって集中することが出来かねている青年。燃え尽きるだけの覚悟を持つことが出来ないでいる青年。

B　それがどうして尊敬するということになるのですか？

A　生き生きしているからです。逃げてはいても生命力がないからではなく、元気があるから逃げている。そのことに対して尊敬するということです。台詞の上での「元気があるねぇ」の元気ではない。

B　老妓に場所や方角が分かるところにかれは逃げていますよね。探そうと思えば分かるところに逃げる。それは老妓が探しに来るということをなかば期待しているということでもあるわけですよね。

A　そう思いますね。脱走の形式を取っている自分の現状がおかしい、と柚木の側の気持ちが書いてあります。探してもらいたいという下心がある。すなわちそこは二人の演技なのです。

J（七十代男性）　いや、ぼくの解釈はちょっとちがいますね。柚木が老妓の庇護のもとにありながらそこから逃げるということは、じたばたしてはいるんですが自立しようとしているのだと思います。かれは最初に発明家を志す創造的な青年だったわけで、老妓はそこに惹かれた部分もあるのではないか。要するに創造活動というのは、自立する者に最たる心理だと思う。その面で老妓はそのようなものに対して感動し、魅力を覚えて柚木を援助することにしたのではなかったのか。

その柚木自身がいつの間にか現実逃避して、日々鬱々とするようになってゆく。しかし自分自身もそれではいけないというように思う気持ちもある。それが逃げるという行為に走らせたのではないかとぼくは思うんです。老妓の庇護のもとに甘んじるだけではなく、はっきりとはしなくても、じたばたはしていても、自立心はあるというところを老妓は見抜いていて、そこに尊敬の念を持ったのではないかと思うんです。

司会　それはAさんの言われたこととどういうふうにちがうんですか？

J　ちがわないですかね。

司会　Aさんはいかがですか。

A　自立への初歩はじたばたすることでしょう？　ですから結局Jさんも同じことを言われていると思います。じたばたもしないで俎板《まないた》の上の鯉のように観念していたら、老妓は魅力を感じない。要するに、飼い殺しのままでいるやつか、あるいはいちはやく逃げ切りになるやつか。そのどちらかだったら老妓は魅力も未練も感じなかったと思います。だが、柚木はそうではないわけです。行っては戻り、行っては戻りしている。それでもいつか戻ってこなくなる日が来るかもしれない。それは別の意味で、老妓には不安であるわけです。実際にはこののち柚木がどうなるかは書かれてはいませんけれどもね。老妓の気持ちを表わしたものが作者のもとへ歌の草稿として送られてくる。それが物語の最後の歌でしょう。

五　パッションと恋愛感情

D　さっきも言ったように、わたくしは最初、老妓の立場から読んで行ったんですが、柚木が逃げ出すようになってからは、かれの立場でその心境を考えるようになったんです。でも柚木という人は魅力的な青年に感じられなくて、これほどに人生を重ねてきている老妓が、しかも老いてなお輝いている老妓が、なぜこの柚木という青年にこれほどまで？　という疑問を感じるんですよね。

E　それは、柚木と老妓が手頃な言葉仇《がたき》となった、というところがあって、その後に柚木君の仕事はチャチだね、とあって、柚木が、そりゃそうさ、こんなつまらない仕事は、パッションが起こらないからね、と返すと、パッションてなんだい、って老妓が訊き返すところがありますね。そのあたりがわたしはすごく心に残ったところの一つで、まずはっきりと、そりゃそうさ、こんなつまらない仕事、って柚木が言っている。

　些細なことかもしれないけれど、つまらないことをつまらないって言うことって、なにかすごいことだなあと思って。しかもそのほんとうの理由をさらっと言うじゃないですか。この仕事に対する色気が起こらないとかって。柚木の言うパッションという言葉に対して、老妓が自分自身の生涯を回想するような場面があって、で、わたしなりの解釈は、そういうちょっとした会話のなかで、率直さなり素直さなりということを、老妓はいいと思ったというか、つまらないときにつまらないと言える人っていいなとか、その後の、さして面白いとか情熱を感じるとかじゃないけど、こなせちゃったりとか、たまたま自分が器用で生きて来たというか、しのげちゃったりとか、そういうことってあるのかもしれないけど、ただしばらくして考えたときに、つまらないなって自分自身に思うことってあるのじゃないかな、と。言っていることがちょっと感想として中途半端なんですけど、そんなふうに感じながら読んでいました。

K（七十代女性）　その老妓と青年の会話の表現などにも感じられる対比ですね。それをわたしに引きつけて言いたいんですが、たとえば文中のフランスの女優を例に出しての二人の会話にも対比が表われていてとても面白く思いました。この老妓は年齢はいくつくらいの人なんだろうと思いながら読んでいたのですが、この二人の対比、この青年がこの老妓から、もうなくなっていてもおかしくないようなパワーを、それこそ圧倒的なパワーを受ける。それは彼女の経験からくるものでしょうけれど、そのようなパワーをぐいぐいという感じではなくて、真綿で包むように周りから温かく見つめながら、なおかつ、あんたはどんな生き方をしているんだい、という問いかけを常に突きつけてくるんですね。そのことを青年は強く感じていると思うんです。

　ですから息苦しくなってくる。そこから逃げ出したくなる。でも負けたくないという気持ちもある。なんとかバタバタと自分の生き方を見つけようとしている。だがなかなか見つけられない、というようなことを繰り返しているように思いますね。

　青年は老妓の奥の深い魅力を強く感じていて、それに引きずられてゆくという感じがとてもよく出ていると思います。老妓は、生きてくる上でいろいろな男とも関係を持って来たけれど、それは全部部品で付き合ってきたようなもので、自分が求めているものは一つで、いつもそれを探しているのだ、というようなことを言っていますよね。これはある意味ではとても深い言葉で、人生というのはそう単純なものではないということを、いろんなかたちで青年に伝えているのだと思うんです。青年はそれを受け止めるのにせいいっぱいになってしまって、それを自分にどう反映すればいいのか会得できないままもがいていると思うんですね。その様子がよく出ていると思います。

　それからさっきも出てたことですが、歌が最初はいちばん前に来たということなんですけど、どういうことですか？

司会　それは最初に作者による歌が出来ていて、その歌を念頭に置いて作者はこの物語を書いたということのようです。

K　ああ、そうなんですか。そうするとこの歌からイメージして、このようなものを書いたということなんですか？　かの子の日記などを読むと、先ほどAさんも言われたように、自分の家のこと、それから当時一平が売れていたときで、華やかな生活を送っていたことなどが分かります。彼女自身は書きたいものがあって、太郎が小さかったのでかれを柱に結び付けておいて書いたり、あとは現金書留がどんどん来るのですが、それをいっさい開けないで、どこになにがあるか分からない状態で、出入りする学生や、そのほかの人が勝手に使っても全然分からないというありさまで生活していて、自分は書くことに集中していた。気が狂いそうになりながら一平にいろいろと相談しても、最初はぜんぜん受け止めてもらえなかったのですが、彼女のあまりの苦しみを見ているうちに、一平も、お前の好きな青年と付き合ってもかまわないと言い出す。そういうことを読んだことがあるんですけど、考えると、この短い小説のなかにはじつにリアルに女の世界がとらえられていて、それが素晴らしいなと改めて感心しますね。

L（三十代女性）　物語の初めに蒔田の家で仕事をしている青年を見ていて、老妓はかれに、なにかちょっと男性的な魅力というのを感じたのではないかと思いながら読みました。そしてなにをやりたいのかという話になって、かれが小さいときから苦労してきたという生い立ちを聞いて、自分の生い立ちともからんでこの青年を無下に突っ放しきれなくなったのではないだろうかと感じたのですが。

M（二十代女性）　わたしはその点で言えば、確実な魅力を柚木青年から受け取ったというよりも、いま話に出たような一つ一つの条件があって、賭けみたいな、彼女が踏み出す切っ掛けが欲しくて、で、かれの言動を見ていて、まぁ、いいかなみたいな、そういう、自分の粋さを楽しもうとしているような、そういう感じがしましたね。

J　ぼくは、柚木という青年はこの老妓にとってやはり非常に魅力的な青年だったと思いますよ。岡本かの子自身に直接訊いてみたいんですが（笑い）、華やぐいのちなりけり、というのは、まちがった解釈かもしれませんがぼくなりの解釈では、華やぐというのは、ある種の恋愛の感情ではないかと思う。それまでは普通に金のある人間が困っている人間をたすけるみたいな気持ちかなと思って読んできたのですが、最後に華やぐという言葉が出てきて、その意味を考えると、どうもたんなる才能が感じられる男に援助を与えるというのではなくて、いわゆる恋情のようなものではないかと思うんです。文中に色町の世界から堅気の世界へ魅力を感じるようになってきたのではないかと思われる部分がある。もういちど最初から読み直してみると、まさしく十年くらい前から常識的な堅気の生活に魅力を感じていたというふうなことが書かれています。

そうしますとそのなかで自分が尊敬する生き方として創造活動をする、この創造活動をするというのはかの子自身の意思であり、また重要視して来たと思うんですね。つまり一つには小説を書くという創造的なことですね。そこのところに快活で子供っぽい青年は非常に魅力的に映ったろうと思います。でも老妓は普通の性愛にもとづく恋愛というかたちは取れないので、ちがったかたちで恋愛感情を表現しようとしたということだと思うんです。最後にまた逃げたと言ったときに、もし帰って来なかったらと想像すると、取り返しのつかない気がする、と書かれていますね。これはたんなる心配ではない。恋愛の感情を裏付けているだろうと思います。

Aさんが岡本かの子の年譜をごらんになって、彼女が超非凡みたいな考えを持っているということを言われましたが、それを聞いたときぼくは、老妓が青年に恋愛的感情を持って付き合うということはありうるのではないかと思ったわけです。

司会　そろそろちょっと休みましょうか。

B　いまいいところですよ（笑い）。

司会　じゃあ、いいです。どうぞ続けてください（笑い）。

六　家と血縁を超えて

L　お話をうかがって、わたしは恋愛感情というようには思わないんですけど、最初に柚木に会ってパッションの意味を聞いて、自分の生涯に憐れみの心が起こった、というところが発端になるわけです。その後老妓と母と子のようにいなり寿司を食べたりとか、柚木に対していろんな行動を見せ始めますね。確かにそれは普通以上の感情を柚木に感じているということだと思います。それと最後のほうで柚木があちこち行って、老妓もいろいろな感情に巻き込まれたりするのですが、そのなかに精神を活発にしていたという表現があって、これはやっぱりパッションということにつながるのかなとは思いました。

K　老妓がすごいな、と思うのは自分の年齢は年齢として受け入れていても、だからといって自分をあきらめるのではなく、内心に強烈なパワーがある。

B　蒔田の家で働いている柚木を見たとき、老妓は一瞬ピンと来て、ある魅力を感じたんだと思うんです。でもそれはJさんが言われたようなかならずしも男女の関係というのではなく、ものを創り出そうとする人間の放つ魅力というものを感じたのだと思います。だから自分の家に住まわせて、援助をしてやりたいと思うようになった。

C　蒔田のところではたらいているときに、はたらいている柚木を見て心を動かされたのは、創造に立ち向かう気概を見て取ったからだということですね。わたしもなるほどです。

司会　少し休憩を入れたいと思いましたが、だいぶみなさん討論が進んでいるようです。このまま先へ行きましょう。

A　では、時間がなくならないうちに話しておきたいことがあるので発言します。岡本太郎には沢山著書がありますが、『沖縄文化論』の冒頭の部分などは、やはり母親とのある共通性を感じさせますね。あの冒頭で柳田国男の『山の人生』の一節が引用してあります。それは美濃の山中の極貧のある家庭に起きた惨劇で、父親が幼い二人の子供を鉞《まさかり》で殺すという話ですが、そのことを柳田国男は淡々とした文体で記録していて、それを岡本太郎が読んで、事件そのものもそうですがそれを記録する柳田国男の文体の持つ力に度肝を抜かれた。事件そのものも日本の貧しさの現実から起こったものですが、それを記録する民俗学者としてのまなざしのありようにも岡本太郎は非常に感動した。このような目で日本の文化の底部を見なければ駄目なのだと思い、カメラを携えて東北に出掛け、ひるがえって沖縄にも出掛けた。そして沖縄の文化もまさに柳田が『山の人生』で書いたような現実として捉えるべきであって、自分も民俗学者としての目を鍛えなければならない、というように書いています。

その岡本太郎の沖縄や東北に追いやられた辺境の人々の生活と文化を見るまなざしと、この『老妓抄』でかの子が書いている花柳界の人々を見る目、またそのなかの一人の人物である老妓を主人公としているわけですが、それらの人々を見る作者の目とのあいだには、中心から外れて生きてきた人々に対する共感がベースにある。そこからこの小説のフィクションとしての構造が成り立って来ているように思うのです。

かの子の他の作品にもそのようなことが言えると思うんです。たとえば『河明り』では河川の周辺に張り付くようにして暮らしている人々、『家霊』という作品でも、極貧に甘んじながらただただいいものを作りたいという彫金師を描いている。そのまなざしにはなにか共通するものがあって、それが息子の太郎にも広い意味で受け継がれているような気がしますね。かの子、太郎が親子であるということを知れば、そこには家制度から生み出されたという意味での血縁ではなく、芸術家としての理解、共感から相互に発生した精神上の対等な人間同士の相互理解と絆があったように思います。

司会 Hさんは太郎の著作はかなりお読みですよね。いかがお考えですか。

H はあ。そこまではちょっとついて行けませんけれども……。

N（四十代女性） 他の作品も読んでいないので、いつものとおり取り上げられた作品を読んだ上での感想しか言えないのですが、柚木と老妓の関係のあり方がやはり面白いなと思いましたね。きょうの話にも柚木という青年に魅力があるのかないのかという話が出ましたが、かれは若者としては少々生意気なところがあって、たとえば最初の件で仕事がチャチだね、と言われたときの返事などは、生真面目な性格の青年なら、これからはがんばります、みたいな返事をするんじゃないかと思うんですが、そりゃそうさ、こんなつまらない仕事は、パッションが起こらないからねぇ、というような返事をする。そういった部分でそれはユーモアであるという解釈が出来るのかどうか分かりませんが、面白いなとは思いました。

柚木は最初老妓のことを遊女ということで、軽蔑とまではいかないまでも軽い見方をしていたように思います。それから自分が世話をしてもらうようになってから、老妓の真剣な世話の仕方にちょっと恐くなってくる。そこで逃げてみたり、それでも逃げ切るだけの気持ちもないまま、また戻ったりということを繰り返すことになるのですが、この作品を読んでいて最後に思ったことは、さっきも問題になりましたが老妓が、「やっぱり若い者は元気があるね。そうなくちゃ」という部分で、元気という意味が、迷いがあっていいね、というような感じにわたしには取れたんです。それがじたばたすることなんでしょう。

じたばたしてもまた戻って来てくれる。柚木がこののち創作活動に成功したかどうかは分かりませんが、その過程もひっくるめて、老妓はかれがいてくれることのありがたさを感じているように思えて、それが面白いというか、物語的に一つのことを貫く信念があるというのが面白かったりするんですけど、柚木自身の迷い、じたばたというのがよく出ていて、それを老妓にちょっとたしなめられると、全部は否定しないで素直なところも見せたりして、そのようなもの全部が合わさって、柚木の魅力というのがあるんじゃないかと思いました。老妓にしても、長年かかって蓄えてきた知識を柚木に移す、あるいは託す、といった部分もあるのではないかと思いましたね。

H　わたしは柚木に魅力を感じませんが、女性にとって飼育しやすいタイプじゃないですかね。

対等という関係が見かけにあるわけじゃない。対等な関係とはどういうことなのか、という基準があるわけじゃない、と思いますけど、あたかもそれがあるように持って行こうとしているようで、作りに無理な部分があると思いました。

L　ゆっくりと柚木のやり方を見定めるというのは、老妓なりに何十年か生きて来た経験を語りながら、他人の若い男性をつかまえて彼女なりに語りかけて、それは経験から搾り出した言葉だと思うし、なにかそれが押し付けではないという感じというか、目の前のことを一途に一生懸命やりたいという衝動はわたしにもある。けれど一生懸命やれば報われるということはないわけじゃないのですが、そのためには自分の選択肢がほんとうにいいものかどうか、知的なものかどうか、そういうのをゆっくり見定める目も必要で、老妓の言っていることはわたしなりに分かる気がするなという感じがしたんです。耳に残った言葉で、憧憬とか、不憫な者の強みとかがあるんですけど、ほんとうに自分にとってやりたいこととか、それはいったいなんなんだろうと探求していく、そのためには目の前のことが大事なんだけど、視野というものを自分自身で見定めながら、それで模索していくようなそういう混じりけのない没頭した姿というのを、『老妓抄』という小説は描いているのじゃないかなという気がしました。

司会　はい、時間も押してきましたから、Ａさんにまとめを兼ねてお願いしましょう。

七　心残りないものを心がける

Ａ　きょうはご意見、感想などいろいろと聞いていて、わたしもいっそう考える切っ掛けをいただきました。わたし個人はこの小説を数回読みましたが、一回目はむかし一読者として読んで非常に面白かったのですが、二回、三回と読み、きょうここへ来る前にもう一回読んで、わたしなりに思い浮かんだのは、これは広い意味で教育ということをモチーフとして持っている小説だということですね。

自分のプライヴェートなところに引き付けてこの小説を読むと、柚木という青年はかつての自分だというふうに思えて仕方がありません。この老妓に当たるような女の人も、年齢はずっと若いが実際にわたしの目の前に存在していたことがあって、年上のその女の人から非常に強い影響、深い影響を受けた。それなのに、付き合っているときは強烈さは感じられても、その影響の深さとか、愛情の深さとか、自分にとっての広がりがよく理解出来ませんでした。その人と別れて何十年もたったいま、その人が全身で自分になにを教えてくれようとしていたのかが分かって来たという気がしているわけです。

ですから作品自体を読むのはわたし個人のいわば邪道のような読み方で、自分の側にあまりにも引き付けて、あるいは自分自身のプライヴェートなものと重ね合わせて読んでいるので、客観的な研究あるいは評論とかにはならないわけですが、それはわたしにはどうでもよくて、あのとき自分が教えてもらったことも、この老妓が柚木に言っていることと同じだったのだなといまごろになって思い当たる。ものを考える上での重要ななにかがあのとき自分にはしかと与えられていた。それが遅ればせではあってもいちばん自分には重要なことなのです。

その重要なことというのは二つあります。一つはこの青年・柚木には確かになにか野心があった。そしてその野心そのものに燃えている青年を見て、老妓は自分が世話をしてやろう、面倒を見て存分にやらしてみようと思うわけです。これは飼育とか、飼うということとは別の次元のことであるとわたしは思います。

そして青年はそれを最初ありがたさも感じずにとにかくやっていた。それが次第に、老妓の熱心さにたじたじとなって来て音《ね》を上げてしまうわけです。おれは最初あんた方には色気と言ったけれどそんなものは初めからなかったのかもしれない、とさえ言いますね。けれどもそれを聞いた老妓はがっかりした顔もせずにこう言うでしょう。

「そんなときは、何でもいいから苦労の種を見付けるんだね。苦労もほどほどの分量にゃ持ち合わせているもんだよ。」

いまにして思い当たるのですが、これが人生の知恵というものですね。老妓は自分の経験からそのような提案をするわけです。要するに自分のなかにパッションが見当たらなくなってきたら、切っ掛けになるものを外部に見つけなさい、人生は厳しいのだから、見わたせば生活のこと、経済的なことなどさまざまなことが障害としてあるのだから、その障害に一つでもいいから全力で立ち向かってみなさい、ということをこの老妓は言っている。これが一つです。

もう一つは、さきほどわたしが引用したことと連関するその後のところですが、仕事なり恋なり、生半可な態度でなしに、無駄をしないで一揆に心残りないものを射止めて欲しい、と老妓が言います。すると青年は、そんな純粋なことは、いまどき出来もしなけりゃありもしないと言って笑う。老妓も笑う。大事なのはその次の言葉だろうと思うのですね。

「いつの時代だって、心懸けなきゃ滅多にないさ。」

わたしはここが、いまになってみますと非常によく分かる気がするんです。一揆で心残りないものというものは、本気で心がけなければつかむことは出来ない。そのとおりだとつくづく思う。その辺に転がっているものではない。歩いていればそのうち出会うというものでもない。上から降ってくるものでもない。棚からぼた餅などというものはない。その気になって心がけなければ駄目なんだということです。そしてそれはただもうひたむきであること、それも愚直に徹するということであって、さきほど引用した部分とこの部分とは、わたしのなかでは対応し合うものとして受け止められる。

このようなことをこういう短い小説のなかで、きっちりと言える作家というのは、やはり非凡なものを持つ作家であると言わざるを得ない。その意味からも『老妓抄』は再読、三読に堪える作品であると思いますね。

司会　はい、ありがとうございました。きょうの初めのほうで言われたことですが、林房雄がこの小説が出たとき、森鷗外、夏目漱石級だと絶讃したのも、筆の走りということもあったかもしれませんが、でもけっして大袈裟すぎる評価ではなかった。わたしもこうして何年かたって読み返してみて、漱石のよい作品にも、鷗外のよい作品にも匹敵すると思いました。男と女の関係についてということではなくとも、なにかここから教えられたものがあったと思います。

自分が人になにか重要なことを与えることはなかなか出来ないことでしょうが、それでも火花を散らすような関係というものを人生のなかで作っていきたいと思いますね。では、みなさん、きょうもご参加どうもありがとうございました（拍手）。

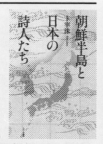

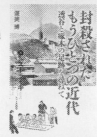

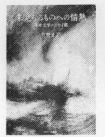

沖縄戦―もう一つの見方
佐々木辰夫著　八〇〇円＋税

国鉄闘争の真実
二瓶久勝著　一五〇〇円＋税

国鉄闘争の成果と教訓
「国鉄闘争を継承する会」編　一五〇〇円＋税

労働法制改悪の根源を撃つ
小川町企画編　一五〇〇円＋税

消せない時代
石田甚太郎著　二〇〇〇円＋税

横浜市教育行政の研究
竹岡健治著　一九〇五円＋税

魯迅文学を読む
浅川　史著　二〇〇〇円＋税

ギリシャ共産党は主張する
〈活動家集団 思想運動〉編・訳　二〇〇〇円＋税

政治的芸術
湯地朝雄著　二五〇〇円＋税

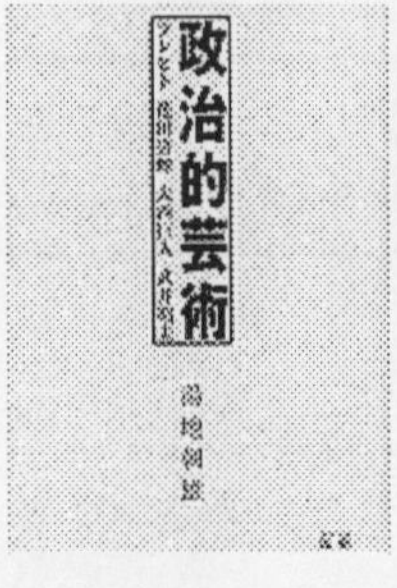

悪い詩集
安里미겔《ミゲル》著　二六六六円＋税

名詩、産ス名
安里미겔《ミゲル》著
新書判　定価二〇一〇円＋税

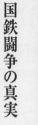

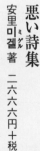

阿波根昌鴻

佐々木辰夫著　二二〇〇円＋税

アフガニスタン四月革命

佐々木辰夫著　二五〇〇円＋税

野の荊棘

石田甚太郎著　二〇〇〇円＋税

暁の大地

石田甚太郎著　二〇〇〇円＋税

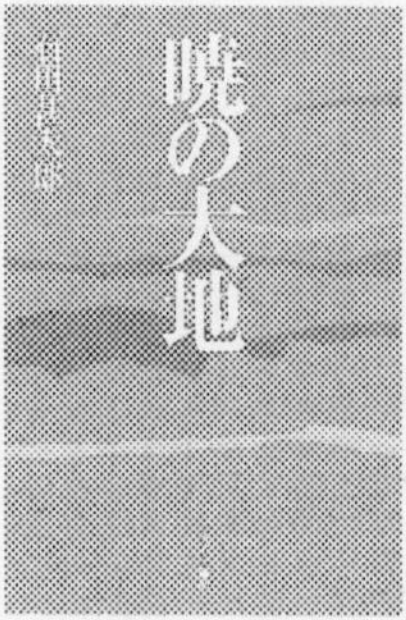

戦争でだれが儲けるか

澤　昌利著　二八〇〇円＋税

ソ連はなぜ崩壊したのか

バーマン・アサド著　二三〇〇円＋税

岡本かの子略歴

一八八九年東京生まれ。若いころから与謝野晶子の影響を受け歌人として頭角を現わす。小説を書くようになったのはむしろ晩年になってからである。小説家としての活動は五年あまりにすぎないが、執筆は旺盛であった。死後夫の一平の手で遺作が続々と発表され、文壇内外を一驚させた。代表作には『母子叙情』『老妓抄』『生々流転』などが数えられる。各種文庫に短編集が収録されているほか、筑摩文庫に全集がある。

画家岡本太郎は長男。

一九三九年東京没。四十九歳。

参考文献

使用されたテクストは岩波文庫版岡本かの子著『河明り・老妓妙　他一篇』であるが、引用に際しては現代表記に改めた。

第3章

なぜ斬ったか

——山本周五郎作『大炊介始末』

作品紹介

大炊介《おおいのすけ》という一藩の跡取り息子が乱暴狼藉、非道と見える乱行をくり返す。幼馴染のこさぶと呼ばれる藩士柾木兵衛が命によって主人公を始末することになった。しかし、藩命を帯びてはいるが出来ることなら大炊介を助ける方法はないものかと思案する。同時にいろいろと聞き込みをおこなう。

大炊介の幼馴染でしかも浅からぬ因縁があり、個人的にも敬愛しているので、大炊介の乱暴狼藉がなぜ起こったのか、その理由を、狼藉を受けて腕を失くした者や、脚を斬られた者を訪ねて経緯を聞いたり、略奪された農家におもむき、その家の娘に話を聞く。反応はさまざまであった。やはりこさぶにもさっぱり判断がつかない。とうとう大炊介の前に出る。大炊介は、なぜお前が来たか分かっていると言って人払いをし、狼藉の理由を質《ただ》すこさぶに、訊きたかったら腕で訊けと言ってのける。二人は乱闘になる。そのとき背後からこさぶに短刀を突き刺した女性がいた。これがきっかけで大炊介は、なぜ自分がこのような不始末を仕出かすようになったかを、初めてこさぶに向かって語り出す。

一　質屋の奉公人から

司会　きょう取り上げるのは山本周五郎作『大炊介始末《おおいのすけしまつ》』です。いつものように講師のAさんから口火を切っていただきましょう。

A（講師）　山本周五郎の作品の多くは新潮文庫で読むことが出来ます。そのなかから『大炊介始末』を取り上げるのですが、短編集の表題作でもあり、この作家の数ある短編のなかでも代表的な作品の一つですね。

昭和三十年（一九五五年）二月の『オール讀物』に掲載されました。物故したのが昭和四十二年（六十四歳）ですから書かれたのは五十二歳のときですね。

『大炊介始末』はとくにわたしが心惹かれるものがあって選ばせていただいたのですが、みなさんお読みになってどのようにお感じになったでしょうか。この話の筋は一読すれば二度目には頭にはいっていますからそこに謎はありませんが、それでも一度読んだときと二度目に読んだときとでは、この小説が一回読むに値するだけなのか、二回も読んで考えるに値する作品なのか、これもみなさんのご意見が分かれるところではないかと思います。

いずれにせよ、ここからいろいろな問題が引き出せるのではないか。そんなふうに思いましたので、この作品を選ばせてもらいました。わたしの意見もおいおい述べさせていただくことにして、お読みになったみなさんの感想をお聞きしたいと思います。

司会　それではみなさん、どなたからでもけっこうですので読後の感想を聞かせてください。

B（六十代女性）　わたしは山本周五郎を読んでいると元気が出るんです。いろいろなことを抱えながら健気《けなげ》に生きている人たちの知恵というか、そのようなものを感じる。この短編は初めて読みましたがいろいろ教わることが多かった。短編小説ですけれど内容は大きな作品だなと思います。

C（七十代女性）　一つ質問してよろしいですか？　答えられなければけっこうです、わたしもよく分からないんですが、山本周五郎というペンネームは、かれが山本周五郎商店というところに丁稚《でっち》として住み込んだ時期があるので、その名前をいただいたということでしょうか。とすれば山本周五郎商店にかなり世話になった、あるいは主人とずいぶん親しかったのかな、と思うんですがその辺はどのような事情があったんでしょうね。

Ａ　はい、山本周五郎質店というのがあって、店主がよほど度量を持った人だったようですね。丁稚を五、六人使っていたらしいのです。日ごろ質店の仕事というのはそれほど忙しいわけではない。大方の丁稚は雑談などをして時間をやり過ごす。そのなかで、のちに作家となる一人の店員だけはよく本を読む若者だった。ほかの者たちとはちょっと毛色が変わっていた。

この質店で、それぞれが原稿を持ち寄って同人雑誌を作った。その場が無名時代の作家のいわば道場となった。じつは同人誌を作ることを奨励したのも店主だった。のちに作家となるにおよんで、清水三十六《さとむ》という本名を山本周五郎というペンネームにして終生変えなかった。山周と呼ばれるのを嫌ったが、それも山本周五郎質店という店名に愛着があったからで、実質的な意味で自分のほんとうの父親は山本周五郎であると言っていた。この店主を心から敬愛して終生その思いは変わらなかったそうです。学歴のなかった周五郎に、学ぶということの大事さと鑑識眼をこの店主がしっかりと教えたのです。

木村久邇典《くにのり》という人の書いた作家の伝記によると、この鑑識眼ということについて山本周五郎は座談のかたちでこういうことを語っていますね。質店なので宝石などもよく持ち込まれた。宝石の鑑定眼を養うにはコツがあって、新人には最初から本物の宝石だけを扱わせて安物の宝石はいっさい見せない。すると贋物《にせもの》を見たとき本能的に違和感をおぼえるようになる。初めに本物と贋物を一緒に比較させて仕込むのはけっしていい教育法とは言えない、というのが店主のポリシーだった。

したがって周五郎が丁稚時代に読んだ本も大衆小説などではなく世界第一級の文学作品だった。バルザック、トルストイ、ドストエフスキーなどを読むようにと言われたそうです。そのような大文学で鍛えた文学修行の上に周五郎の小説がある、というように考えないとまちがうでしょう。

ついでに申し上げますと、伝記には質店の奉公時代のことについて、質店での奉公は人生の理念をまっとうに学ぶという点で小説家山本周五郎にとってこれほど適切な勉強の場所もなかったと言っても過言ではないと述べられています。

確かに、質種《しちぐさ》を持って人目を忍ぶようにして現われる人々には、貧乏という人生のネガティヴな面が色濃くただよっているわけですね。周五郎の作品をいろいろ読みますと、人生の辛酸というものに関心をもって記憶のなかに刻み、そういうことどもを長年蓄積したのだということがだんだん分かってくるんですね。

司会　続いてほかの方で、いかがですか？

D（五十代女性）　まだ一度しか読んでいないのですが、武家社会のことがいろいろ分かって面白かったですね。主人公が藩主のじつの子供ではないということですが、この時代の武家社会では側室がいたりするような時世で、実子、腹違いの子、などの親子関係を重視するのだなと思いました。

政略結婚なども当たり前に行われていた社会だったと思いますが、たとえ圧力があったとしても、最終的には本人も納得したうえで結ばれるのかなと思いました。そのように考えないと矛盾するんだろうなと思いました。

それから主人公が父親に対して、血縁でないことが分かっても強い敬愛の思いがあり、同じように父親もかれを深く愛している。にもかかわらず、その命をちぢめることを命令しなければならないという父親の心境はどのようなものであったか。そこを考えているうちに、次第にむずかしくなってきてしまいました。

二　大炊介豹変の謎

E（六十代女性）　もっと議論するなかで述べようと思っていたのですが、時間がもったいないのでいま述べることにします。この作品で大炊介がなぜ豹変したのかということですね。あれこれ想像しながら読んでいて、ぐいぐい引き付けられて一気に読んでしまいました。この文庫に収められている他の作品もほとんど読みました。

一つどうしても自分のなかで腑に落ちなかった点から話したいと思います。それは、出生の秘密を主人公に告げた吉岡進之助を、話を聞いたその場で手討ちにしてしまうのですね。そこから大炊介は苦悩の世界にはいり、人間が変わってしまう。

いっぽう手討ちにされた吉岡進之助の両親も、若殿に無礼をはたらいたということで自害する。けれど、吉岡進之助は悪いことはなに一つしていないし、かれの両親も無礼なことをしたとはどうしてもわたしには思えないのです。でも進之助やかれの両親の死に対する大炊介の意識に、作者は全然触れていない。そこのところに強い疑問を持たないわけにはいきませんでした。

司会　Eさんのご発言に対して、自分はこう感じたというご意見があればまず伺いたいと思います。自分もそのように思ったという同調のご意見でもいいですが。さらには、原作のその部分はもっともで、自分は違和感をいだかなかったという方もおられると思うのですが？

B　わたしはEさんとまったく同じ感想です。吉岡進之助がその話をしたときに大炊介はなぜ一刀のもとにかれを成敗したのかというのが、この作品のいちばんのポイントだろうとは思いますが、その理由がわたしにも理解出来ません。

ただ、一つ感じるのは、主人公の大炊介高央《たかなか》は藩主高茂《たかもち》のたいへんな寵愛を受けて立派な青年に育っていたわけで、そのような温室育ちの青年が不幸な事実を知ったときのギャップというのはものすごく大きかったと思うのです。そのようなギャップに耐えられるだけの精神の逞しさに欠けていたのかなとも考えるのです。

F（五十代女性）　わたしも最初に読んだとき、ここのところはちょっと分からなかったのです。本文の一八七ページなかごろから一八八ページにかけての文章、とくに一八八ページなかほどで進之助の無礼を赦せなかったと言う大炊介に、父親がどう赦せなかったか申してみよというところですね。大炊介は、いや、申しますまいと言ったあとで、人の気持ちはそれぞれちがうものです。わたしには赦せないことでも父上は笑って済ませるかもしれません、うんぬんとあります。

ここを読んでわたしは、父親の代の武士社会の風習というものと、大炊介の持つルールとか基準がちがうのかなとさえ思いました。大炊介としてはなにがなんでも赦せないことだったんだろうというように理解していました。

司会　なにがなんでも赦せなかったのだろう、と。そのなにがなんでもというところを、われわれが読者としてこじあけてみたいですね。

F　でも、そういうふうに書いてある物語なんだとそのときは読んだんです。

B　無礼というのはあえて言えば、吉岡進之助がそのようなことを自分に対して言ってくること自体が大炊介からすると手討ちにするほど無礼だということなんですかね。

F　そういうことは知っていても言うものじゃないということでしょうか。

G（六十代女性）　いや、そうじゃないんじゃないですか。父親に寵愛されていたからそんなことは思ってもいないことだったので、青天の霹靂《へきれき》にショックを受け、とっさに斬りつけちゃったんじゃないですか。あまりのショックでね。わたしはそう思いましたけど。

司会　無礼というのは父親に対する弁明として言ったんですかね。

G　ちがうでしょう。無礼なことをしたから成敗したと言ったのは、父親に言ったのではありません。

H（四十代女性）　これは言いわけとして無礼なことと言ったのではないですか。

E　わたしも衝撃は衝撃だと思うんです。近い将来名君になれるような心も身体も健康で人への思いやりもあり、人間的に素晴らしい成長を遂げてきた大炊介が、家来とはいえ理由もなく斬り捨てるということはよほどのことでないと出来ないだろうと思うのです。でもそこのところが文章的にはひと言も表現されていないのですね。読者が自分で推測するしかないのかとも思ったんですけど、どう理屈をつけてもわたしには納得が出来なかったのです。

これだけ思いやりがある人物であるにもかかわらず、出生の事実を告げられた途端に進之助を成敗したこと、また斬られる前の進之助にしても、いったいどのような意図で出生に関わる大事な事実を大炊介に伝えたのか、そのへんもまだ疑問として解けずにありますね。

B　それは、二三〇ページのなかほどの文章の「まことの父、密夫が、重い病気で快復の望みはない、息のあるうちにひとめ会いたい」ということを伝えたいために言ったということでしょう。

E　ああ、そうでしたね。そこをちょっと忘れていました。

A　そのあとでそのときなにが起こったかを大炊介は告白しているわけですね。「吉岡が俺にそう言った、俺は目が眩んだ、そして気がついたら、そこに吉岡の死体があり、おれは血刀を持って立っていた。」これが大炊介の側からせいいっぱい正直に言えることなんでしょう。

G　これはいかにも武家社会そのものが色濃く出ている場面ですね。ですから、わたしはEさんのようにはそれをあまりおかしいとは思わないで読みました。というのは、主人として自分が側室を持つことはかまわないが、妻が、ほかの男の子供を宿すということは絶対に赦せないという社会だと思うんです。吉岡もそのことを大炊介に言ったときには、もう仕方がないという思いで告げたと思うんです。ですからあとで大炊介が自分で母親に確かめたとき母親が否定も肯定もしないということは、明らかにいまの夫より前の男のほうを愛していて、その後もその人に操を立てて子供を産むこともしなかったということだったと思います。

そのようなことは、本来であれば武家社会においては赦されないことだと思うのですが、その子は現在の父親から溺愛されていたわけなので、吉岡の言葉を聞いただけで思わず斬ってしまった。また伝えた吉岡のほうも、その両親も、そのようになっても仕方がないということは、ある意味で覚悟の上だったのではないかという捉え方をしました。いまの社会から見れば武家社会というのは歪んだ面を持つ社会なのだと思うんですが、それが現実としてあったのだろうと思って、ここの部分は自然と読んでしまいました。

B　そうしますと無礼ということは、このようなことを告げ口をして伝えてくること自体が無礼だということですかね。

G　ということだと思いますね、吉岡のほうはむしろある意味では親切で告げているのかと思いましたけどね。たぶん大炊介は、母の不義ではないにしても、真相を隠したままで母親がいまの父親といっしょになったということに耐えられなかったと思うんです。

E　それでも斬ってしまうというのはどうでしょう。たとえば進之助を追放するとか、叩き斬るよりほかの方法もあったでしょうに。

A　追放してもこの手の家来はしゃべるでしょう。

E　この文章から、進之助という青年を、そのような人物とは思えませんでしたけれど。

A　進之助は物語のしょせん端役ですから。

E　ええ、端役は端役なんですけれども。

A　進之助を殺したことがよいかわるいかと言えばわるいに決まっています。しかし作品はそこに眼目があるのではないということです。その事実だけで見れば大炊介は人間的に力量不足だという批判は当たっているでしょうけれども、物語の核心は別のところにある。

G　大炊介は帝王学を学んだわけですよね、その帝王学を肯定するかどうかだと思います。

A　誰が肯定するのですか?

G　作者の山本周五郎が肯定するように書いたかどうかということです。

A　それは読者の問題でもあるわけですね。

G　ええ、そうですね。

A　わたしはこの小説を読むかぎりにおいては、ことさら帝王学というふうに堅苦しく考えません。考える必要もないと思います。幼なじみで信頼しているこさぶが現われたとき、こさぶの手にかかって殺されてしまいたかったのに、そうならなかった。その後、殉死するという家来たちが少なからずいることを知って、いよいよ死ぬに死ねなくなる。しかたなく頭をまるめるわけですが、これは大炊介からしたら死ぬよりもっと辛い生き方だと思いますね。

G　それはそうですね。

D　大炊介になにかあれば殉死しようとしている家来がいることをこさぶが説明して、大炊介がそのことを初めて知った。それまでは自分が死ぬことばかり考えていたので、殉死ということは大炊介の念頭にはなかったわけですよね。

A　大炊介はこさぶに討たれるつもりだったが討たれることも出来なくなった。討たれれば家来が殉死すると言っているんですから出来ないわけです。

D　そうですね。

A　どうしても生きていられれず、さっさと殺されてしまいたければ、周りが殉死しようがしまいが殺されようとするでしょう。しかし自分が死ねば殉死者が出るということをこさぶから聞いて主人公は思い止まった。殉死する者が出る。これは大炊介にとって自分が死ぬより辛いことだった。

自分は密夫の子だということを告げ知らされてからの大炊介の生涯は、苦悩以外のなにものでもない。父の期待に応え、家来の期待に応え、ゆくゆくはよき君主であろうとそれまで自分に言い聞かせてきたのですから。その苦悩のほどをむしろ女性たちのほうが直感する。しかし大炊介はその女性たちに指一本触れることもしない。女性のほうから触れようとすると無下《むげ》に実家に追い返してしまう。はたから見たらもてあそんだ挙句、実家に追い返したように見えるでしょうがそうではない。

E　Aさんが言われるように、大炊介は自分自身小さいときから名君になろうとして邁進してきたわけですよね。そのかれが自身の出生の秘密を知らされて苦悩し、死ぬにも死ねないとすれば、その時代を肌身で感じることが出来るわけではありませんから、その時代の理解はむずかしいけれど、なんとも情けないことですよね。自分が本当にその器に値するような立ち位置にあるわけですから、密夫の子、側室の子、正室の子の区別なくその国を治める立派な藩主になろうという努力をするほうが、むしろいっそう逞しくていいのではないかとさえわたしは思いましたね。

A　お説、ごもっともです（笑い）。

E　つまらないことを言ってしまいましたかね。でもやはり、無礼の一言で一刀のもとに殺されていいのかなって、わたしはやっぱり納得出来ません。密夫の子でもいいじゃないのって思うんですよね。母親が結婚後に不義密通をはたらいて生まれた子ではないんだし、もっと逞しく生きろって言いたいんですよ。

D　わたしもいいじゃないのと思いますけど、そうではなくてやはりその時代のことだから。Aさんもおっしゃったように、その時代のことを書いているわけだから。

E　『山椿』という作品では結婚した妻にほんとうに思う人がいて、その人に操を立てるために夫に身体を許さなかったということがあって、自害までしようとするわけです。ところが、最後には夫が、妻がずっと思っていた男を自分の家来にして添いとげさせるという内容です。時代がちがうのかもしれませんが、山本周五郎はそのような短編も書いているんですね。そのいっぽうで『大炊介始末』のようなものもある。わたしは『山椿』のほうが好きですね。

司会　確かにほっとしますけれどもね。『山椿』の場合は藩主ではないんですよね。

E　そうですね、少し軽い感じなのかもしれません。でも普通は離縁くらいはしますよね。添い遂げさせようとは思わない。そのような作品も周五郎にはあったものですから、『大炊介』がどうしても理屈ではなく腑に落ちないんですよ。

A　腑に落ちない理由は作品にあるのか、読者にあるのか、どちらです。

Ｅ　作品のなかで周五郎が、進之助やその両親の死に対して大炊介が申しわけないというか、そういったことをただの一言も書いていない。そこがどうも納得できないのです。

Ａ　作品に即して言えば、進之助は忠義立てをしたつもりかもしれませんが、言うべきではなかったのです。大炊介の実父にしても、重病であるとはいえ主人公にひと目会いたいなどと言わずに黙って死ぬべきだったのです。

Ｅ　それはそうですね、進之助が立派な人だとは思いませんが、しかしそのような愚かな家来だからといって殺していいのかという気が残るのです。

Ａ　それは殺してはいけませんよね（笑い）。

しかしこの作品では、将来藩主として生きようとしていた主人公が、胸に深い懊悩をかかえている。その結果乱行のかぎりをつくして自ら成敗されようとする。そこに悲劇性を見いだし得るかという問題でしょう。見いだせないならば作者からしたら失敗したということでしょう。

E　悲劇というようにはわたしは捉えていませんでした。大炊介は愚かな人間だと思っていたので。

A　たとえ密夫の子でも貴方の力量次第で藩主になる器があるのだから、と言われてそうか、と考え直すようなやつが主人公になりますか？（笑い）

E　どうもすいません（笑い）。

A　森鷗外、夏目漱石、あるいは田山花袋、島崎藤村、菊池寛、芥川龍之介だったらどの作品がこれに匹敵するだろうと考えてみると、これに匹敵するものを誰も書いていないようですね。鷗外の『阿部一族』は文学的にはこの上をゆくかもしれない、しかし『大炊介』は書けていない。

E　それがAさんがこの作品を取り上げたゆえんなんですね。

A　いや、個人的ゆえんはいろいろありますよ。つまり自分が大炊介だったら、あるいはこさぶだったら、などとついわが身に引き付けて考えました。

それから、わたしが興味を持ってみなさんにお訊きしたいことがもう一つあります。それはこの藩主が事実を知っていたかどうかです。作者がそれを多少なりともヒントを読者に提供するような書き方をしたらまったくちがう話になると思います。知っていたかどうか、物語からはしかと分からないわけですね。

D　わたしは、この小説のなかでは相模守高茂《さがみのかみたかもち》、大炊介高央《おおいのすけたかなか》、その母親、と三者三様に罪を与えられていると思うのです。母親はその罪を生涯抱き込んで生きていかなければならないわけだし、大炊介だけは出生の秘密を知らされるまではとても順調に過ごしてきたわけですが、その後背負いきれないほどの苦悩に出会う。それからのかれは女というものを信用出来なくなって、女性を受けつけない。
仮に父親が母親の秘密を知っていたとしても、それはそれで重荷を背負って生きることになるわけです。でも産まれた子供に対しては深い愛情を抱いて育てるわけですよね。父親がそのことを知っていて生きているのであれば、それはものすごいことだと思うんです。耐えていけるのかなと思うくらいです。

大炊介の出生の事実を父親が知っていたとすると、その上でかれをこれほどまでに愛せるものなのかどうか。Ａさんと同じようにわたしも訊いてみたい。みなさんはどう思いますか？

Ｂ　相模守高茂は知らなかったと思いますね。知っていたら大炊介を殺せとは言わなかったでしょう。

Ａ　Ｂさんは、もし父親が知っていたらおれが赦す、命をちぢめろとは言わなかったろう、ということですね。わたしの解釈は反対なのです。知っていたか知らなかったかは別ですが、この藩主高茂が大炊介の命をちぢめろと言ったのはよくよくのこと、最後の最後でしょう。

なんとかならないか、せがれのあの気性では監禁はとうてい耐えられぬだろう。いっそ命をちぢめてやるほうがせがれはまだ救われるだろう。こんな深い愛情はないと思います。息子のことをよく理解している。事情やいきさつをなにもかも知っていたとすれば、確かにそれはものすごいことです。でも栴檀《せんだん》は双葉より芳しです。これは密夫の子だがこいつには器がある。そのように思って心から愛して育てたとするならば、どうでしょう。これは主人公が変わってきますよ。そこは読者の想像にゆだねて作者はあえて口を閉じている。あくまで主人公を大炊介に限定したかったからだと思います。いわゆる純文学や自然主義文学、私小説で主人公の孤独地獄というものを、心理的な内面からの描写ではなく、行動からしかも短編小説で読者にそこまで推測させていくというのは、やっぱり並々ならぬ作者の力量だろうと思います。

ところがいまだに日本の読者は、山本周五郎を侮《あなど》っているのではないかという気がしますね。作品全部が全部一級品として粒選《つぶよ》りというわけにはいかないでしょうが、この『大炊介始末』などは『オール讀物』にこれが出たのか、とわたしなどは思いますね。山本周五郎のことを文豪とはあんまり言いませんよね。しかし小説を書くのならこういうものを書きたいし、こう書くべきだとわたしなどは思います。

三　人間の根性の問題

A　先ほど周五郎が質屋で修行を積んだという話をしました。周五郎はつねづねこう語っていたそうです。

質種として持ち込まれる貴金属のうち駄物は見なくていいから本物を見ろと叩き込まれた。しかし他方では一番下から叩き上げていくということが修行の王道だということを言われてもいた。もっともではあるが、下積みをやらせているうちにみみっちい下衆根性に染まってしまうことがよくある。そのような人はそのうちなにが本物でなにが贋物かを峻別する精神そのものを見失って、人間自体が卑しくなってくる。

誤解しないでもらいたいが僕は下積みの人間を軽蔑しているのではない。世の中はむしろ大勢の下積みの人間によって支えられている。下積みの仕事こそ尊敬しなければならないと思っている。しかし精神的に卑しくなってはいけないと思う。下積みだから人間の苦労が分かるかと言えば、苦労が分かる反面下衆根性、奴隷根性、あるいはケチ根性といったものが身に付いてくることを警戒しなければならない、と。

この物語の吉岡進之助という人物は、まさにそのような精神の高潔さにおいて、大炊介にとうてい比肩し得なかったと思います。

山本周五郎という人は自身では中学に入ったと言っていたそうですが、伝記を書いた木村さんの調べでは尋常高等小学校卒ということです。したがって学歴コンプレックスが非常に強くあったということはまちがいない、と木村さんは書いている。その点で松本清張と同じですね。たとえば二人に共通していたのは、一流校を出たエリート中のエリートである編集者が原稿を取りに来ると、かならず議論を吹っかけることだった。

それを裏返して言えば、一流校を出ていてもたいしたことはない、という気持ちがどこかにあったのではないかと木村は書いています。しかしそれを額面どおり受け取るわけにはいかない。そうではなく、一流校を出たからといって精神において一流でなければ話にならないのだ、という気持ちが清張にも周五郎にもあったのだと解釈すべきでしょう。

周五郎が直木賞を蹴ったとき、菊池寛が山本周五郎はたいした作家ではないと言ったそうですが、周五郎はそれをずっと根に持っていたんだそうですよ。わたしはそういう根に持つ持ち方が好きなんですよね（笑い）。

いきさつはこういうことだった。菊池寛の『文藝春秋』に山本周五郎が短編の原稿を持参したときのことです。菊池寛はその原稿を読みもせずに、君が寄稿しようとしている雑誌は事情が変わって今ぼくの一存で載せる載せないを決められない。しかしわが社にはもう一種類の雑誌があってそちらなら僕の一存でどうにでもなる。だからそちらに載せようかと言ったそうです。それに対して周五郎は、わたしは『文藝春秋』に載せるために一生懸命書いてきたので駄目なら原稿はもらって帰りますと言って原稿を返してもらったそうです。周五郎という作家はそのような根性の持ち主なんです。

侍について書くとき、かれ自身に侍に対する尊敬の念がにじみ出るのです。侍を批判して書くときというのは、宮本武蔵のような伝説的英雄について語るときですね。それは一種の偶像破壊として書くのです。武蔵について周五郎が書くとき、ほんとうの敵は吉川英治だと周五郎が思っていたことも調べで分かっています。周五郎は吉川英治が嫌いだった。道学者ぶって、武蔵に人間成長のイメージを与えて、英雄中の英雄に仕立て上げたことへの反感があった。それに一矢報いてやろうと思ったそうです。

E　でも吉川英治もすごく面白くて、若いときはわたしなどは引き付けられましたけれどね。

A　ええ、それはわたしも同じですよ。『宮本武蔵』が愛読書だった。それに萬屋錦之介の出た映画の五部作もよかった。繰り返し見ましたしね。

E　ここに出てくる女性、みぎわ、なお、うめなどの位置付けというか、とくにみぎわというのは美しくないと思っていたのに、最後にはきれいに見えたとか、そのあたりの大炊介の心情、最後の心、は想像は出来るのですが、なにか、しかも最後にみぎわの情景で終わらせるというのが引っかかって、もっと大きな位置づけがあるのではと思ったりするのですがどうでしょう。

A　短編小説ですからね、長編小説ならばみぎわはもっと描き込まれたでしょうし、兵衛つまりこさぶとの関係ももっと具体的に描かれたろうと思います。たとえばトルストイの『アンナ・カレーニナ』という長編小説では、アンナ・カレーニナが不倫をして破滅していくという悲劇的な物語なのですが、あの長編小説には大地に根を張って逞しく生きて行く若い夫婦もサイドストーリーのように描かれている。ですから破滅的な道筋を辿らざるを得なかったヒロインを克明に書くいっぽう、大地に根を張って逞しく家庭生活を営んでいく夫婦もいるということを、トルストイは同時に書いて、それを一つの作品の世界のなかに総合しているわけです。

山本周五郎にも、一冊の長編小説を構想するならば、先ほど話に出た『山椿』的なものと『大炊介始末』のような悲劇的なものと両方を統合するという意識があったと思うのです、その片鱗をうかがわせるのがこのみぎわと兵衛との関係だと思うのです。

最初はみぎわのことをちっとも美しくないと書いていますね。読者はそれを兵衛の主観だとは思わず一般的に不美人なのだと思いますよね。ところがやがて兵衛が彼女を、こんな美人だったのかと思うと読者はあれっと思います。人間の物の見方は人それぞれで、その状況に応じてなのだということを、短い小説のなかで読者に伝えようとしている。でもこの大炊介の悲劇と生き地獄は変えようのないものなのです。

そう考えると、この進之助というやつがわたしはいよいよ嫌いになりますね。こんなやつを友だちに持ちたくない。しかし思い出されるのは、たとえば鷗外の出世作『舞姫』の最後です。友人の相沢謙吉は無二の親友ではあるけれども、わが心に一点かれを憎む心ありけり、と書いています。親友ではあるけれども、あいつがあのときエリスにあんなことを言わなければとという気持ちがどうしてもなくならない。その気持ちが作者にもあった。その心が文学に向かう哀しさとなって鷗外は文学者になったのだ、というのが大西巨人の解釈です。

大西さんと『舞姫』をめぐっていろいろ話をしていたとき、こうおっしゃった。文学に行く必然性と文学に行く偶然性とがある。中野重治が言うには、偶然のおかしさから文学に行くやつ、必然の悲しさから文学に行くやつ、この二通りだと、大西さんは引用されました。鷗外の文学は必然の悲しさから成り立っていると中野さんも大西さんもお考えのようですが、それはどういう意味ですかと質問した。すると、『舞姫』の最後の一行を引用されて、あれだね、とおっしゃったのです。そのような意味で、山本周五郎も必然の悲しさというものが分かっていた文学者でしょうね。

E　事実を告げた進之助を一刀のもとに手討ちにしたという行為がわたしのなかで大きく膨らんだので、かれが告げたという行為の是非についてはあまり考えなかったのです。なぜ告げたのか。告げなければならない理由があったのだろうか。そう考え直しますと、じつは進之助には熟慮もなにもなかったということは明らかですね。

A　告げるにしても、その前に自分がその任に値するかどうかを進之助はよくよく考えるべきだったのです。

E　そうですね、二人はそのような間柄でもなんでもないわけですからね。

A　ええ、こさぶでさえそんなことは知らなかったでしょう。知っていたとしても、いや知っていたら、こさぶならばけっして言わなかったでしょうね。こさぶが菊一文字を与えるに値する相手であるかどうかを、幼少時代もうすでに大炊介は見抜いていた。大炊介は人を見る目を持っていた。骨董になぞらえてはなんですけれども、贋物や安物と本物とを見分ける眼力をそなえていた。

E　わたしは議論にはいる前は、母親の苦悩、夫にも告げることが出来ないし息子のためにも隠し通さなくてはならない。自分の胸のうちに秘めて死ぬまで過ごす、自害も出来ないというこの母親の悲劇が頭のなかにずっとありました。

A　大炊介は母親をひと言たりとも責めてはいませんよね。

E　そうですね。

A　進之助のことが議論でこれほど問題にならなければわたしも言うつもりがなかったことで

すが、われわれ人間は、ある人の重要な人生の秘密をはからずも知ってしまうという場合がある。そのとき自らがたまたま知ってしまった秘密を、親切心から当事者に伝えるかどうか。これは非常に重要な問題ですね。自分が知っている以上、知らないでいる人間にそれを伝えるのが親切というものだ、といったんは思うとするでしょう。しかし、自分がその任に値するかどうか。それを見つめ直すには慎重さだけではなく、ほんとうの人間的な力量というものが要る。

というのは、知っていれば知っていることが優位な立場ないし権力になりうるわけです。ましてや、あなたは密夫のお子さんです、わたしはそれを知っております、と告げるだろうか。相手は藩主になろうという人ですよ。対して、秘密を告げる人間はたかだか二百石の小姓組頭です。そこに人間として対等な関係があるという時代の話ではありませんからね。ほんとうに進之助が大炊介に敬意と友情を感じていたとしたら、秘密は自分の胸にじっとたたんだまま、たとえじつの親から頼まれたとしても沈黙を守るほうを選んだのではないかとわたしは思うのです。

この場合、じつの父親がまちがっていたと言わざるを得ない。死ぬ前にひと目会いたいというのは、武家社会の厳しい条件のもとに生きてきたのに、ここで親子の情を先に立てて、いまのいまにいたるまで自分で守ってきた沈黙の重さをフイにしてしまうことです。それは人間の弱さと言わねばなりません。そこへゆくと、母親のほうがえらいですね。大炊介はじつの父親筋から伝わってきたほうはその使者を一刀両断するが、母親に対しては軽蔑も恨みも持たない。とはいえ、思いの深さが伝わるのは、それ以後女性を近づけないという態度にそれが表われているからです。みなさんのご意見のなかに、相模守高茂は英邁な藩主ではなく朴念仁だったのではないかという意見がなかったことで安心しました。わたしの個人的な推測では、相模守高茂は妻の事情を分かっていたと思います。作者はそれに対してひと言の暗示もしていませんが、よく考えれば事情を分かっていなければおかしい話でしょう。しかし分かっていたということをおくびにも出さずに子供を愛した。これによって悲劇性が一段と深まるのです。ですから、監禁するより命をちぢめろと言ったのは、まさに泣いて馬謖《ばしょく》を斬るというか、真実の親心からだったとわたしは思います。

C　では、相模守もなかなかの人だったんですね。

A　このような人物はめったにいないでしょうね、お家大事とはいえ、そのためだけでこの息子をこんなに愛したとは思えません。

C　母親のこともすごく愛していたということですか。

Ａ　そうでしょう。母親とのあいだに子供を作らなかった。愛情から産まれた息子なのに、大炊介はそう思うことが出来ない時代条件のもとにあったわけです。

また、そのような格式、家柄に生まれ合わせてしまったのです。その負い目を十八歳になるまで少しも感じさせないように愛し続けたのが相模守です。それなのに忠義ぶって小姓組頭の進之助がまったくよけいなことを言いに来た。その忠義の中身の浅薄さが一刀両断にされているのです。

Ｉ（七十代女性）　進之助みたいな人って世間にいますね。わざわざ言いに来るような人。ここで成敗しておかなかったらまたずるずるあちらこちらに振りまいて、ゆくゆく藩のためにはならない人物。

父親は事情を分かったうえで愛情を持って育てていたと思います。また大炊介が乗り越えることが出来ると思っていたのではないかという気がします。それを待っていたがいろいろなことがあって、人が言うように狂気にまちがいがないなら、監禁するのはむしろ可哀想だ、いっそ命をちぢめてやるほうが慈悲だと思う、おれが命ずる、と言った。主人公に対する深い愛情が出ていると思います。

J（五十代女性）　二三四ページの「ああよしてくれ」と主人公は遮った、に続くこさぶつまり兵衛との会話、「お前は経験したか、意見を言うなら、自分で経験し自分で確かめたことを言え、そうでなければ分かったようなことを言うな」の言葉、たいていの凡人は兵衛のように、お方様にはご事情があったのでしょうからその事情をお察しになって、というのはよくある常識的な言葉でしょうが、そんな程度のことではないということを大炊介は言いたかった。その気持ちが分かったのがさらわれた娘たちだと思います。よこしまな気持ちのまったくない娘たち全員に、可哀想と言わせたというのがすごいなと思いました。

司会　この言葉は確かに印象に残る言葉ですね。

A　これは作者の肉声のようにも聞こえるね。

J　題名は忘れてしまいましたが、周五郎の他の作品にも自分の子供ではないことを周りの人たちも分かっているけれども非常に愛するという筋のものがあって、これも同じだなと思いながらその共通性を感じましたので、最初から父親は分かっていると思って読みました。実子とか実子でないとかは間係ないんだよ、子供というのは自分の子でなくとも愛することが出来るんだ。山本周五郎にはそのような作品が多いという印象がありましたので、ここでもそうなのだとわたしは思いました。

E　先ほどAさんはこさぶは大炊介より器が小さいとおっしゃいました。そのこさぶですら、かれが進之助を斬った原因はなんだろう、そしていまの苦悩はなんだろうと考えて、そこから真実を追究しようと、いろいろな人に当たって情報を収集したわけですよね。わたしはそのようなこさぶの行き方に共感しました。

そのような意味で、藩主であっても重臣からの報告を鵜呑みにするだけではなく、なぜそのようなことをするのかという疑問を自ら持つということはあり得ないことなのでしょうか。

A　兵衛だって、進之助を斬ったと聞いたときなぜだろうとは思わずに、斬ったこと自体を主人公が悔いているのであろうと考えるわけですね。大炊介と小姓組頭との関係で言えば、小姓組頭が大炊介と二人きりのとき、大炊介の逆鱗に触れるようななにかを言ったにちがいないということぐらいは考えたとしても、それがなんであるかを兵衛は考える必要を感じなかったのです。とにかくカッとなるようなことを言ったため斬ってしまったにちがいない、そのために悔いているのだろう、と考えるわけですね。このとき兵衛が、なにが原因だろうと真剣に考えていたら、またちがっていたかもしれません。

E　そうですか。兵衛はなにが原因かを考えなかったのですかね。

A　兵衛が大炊介を斬る役として自分から名乗りをあげるのは、大炊介の乱行狼藉が繰り返されるからですね。

J　藩主が息子と直接対峙することをしなかったということですが、藩主の落胆と嘆きの深さは周囲の眼を背けさせるほどであった。ひそかに加持祈祷《かじきとう》などもこころみたが、もちろん効果はなくうんぬんとあるように、藩主も努力をしているんですよね。

E　だけどそれは主人公が病気だと思ったからですよね。

J　そうです。それから息子と直接相対するというのは、現代の父と息子というようなわけにはいかない。でも愛情を持っていることは随所にうかがえますね。ですから兵衛のように直接行って理由を質すようなことは、藩主という位置ではちょっと出来ないのではないか。まして病弱であるということですしね。

A　さっきも出たように、大炊介の側からは、父親からなぜ進之助を斬ったか訊かれたとき、無礼をしたからです、と答えています。無礼をしたのであればちゃんと調査して処罰しろと父親が言い、理由を申せと言うと、大炊介は言えませんと答えます。わけを言っても受け取り方は人さまざまで父上には笑って済ませられるかもしれませんがわたしには赦せなかった、と言っています。つまり問題はあくまで大炊介自身なのです。父親が大炊介の出生の本当の事情を知った上で溺愛したかどうかも分からないわけです。わたしは先ほど知っていたと思うと言いましたが、それはあくまでわたしが言ったことであって、作者は一言も、暗示めいたことさえも言っていませんからね。

E　作中人物の誰も大炊介の悲劇、苦悩の本質が分からなかったのですね。女たちにも分かっていた者はいなかった。

A　兵衛は理詰めで解き明かそうとする。でも女性たちは大炊介がなにかとてつもなく寂しいものを抱えていることを直感している。そういう分かり方ですね。

J　そうですね、だから一生そばで尽くしたいと思うわけですよね。

司会　そろそろ時間が近づいています。講師から最後に締めくくりとしてお願いしましょう。

四　大器と獅子身中の虫

A　これまでの議論を伺いながら、わたしの意見も述べさせていただきましたが、もう一度申しますと、一刀のもとに吉岡進之助を斬り捨てた大炊介は藩主になる器だったと思います。自分の出生に関わる重大な話を聞かされて目が眩んだが、それだけではなく気が付いたら相手を斬っていた。血刀を持って立っていた。一瞬のことだった。そして斬ったそのわけは金輪際人に言わない。父親にも言わない。そのまま、その後の生活で自分の命がちぢめられるように、わざと乱脈のかぎりをつくして日常を振る舞うわけです。

いっぽう、斬られた吉岡進之助は斬られるに値したと思うのです。もちろんこの小説が書かれた時代背景、条件を前提にしての話ですけれども。

吉岡という家来、わたしはこれが獅子身中の虫だと思いますね。一国を危うくするのはこのような忠臣面をした精神、神経、心根の持ち主がいるからです。老骨とは言え切腹自害して果てた進之助の両親のほうが、まだしも侍魂を持っていたと思います。進之助は二十一歳小姓組で二百石ですね、かれもまた藩のためを思うのであれば大炊介とこさぶつまり兵衛とのあいだにあるような情愛、友愛、敬愛そのようなものがあってしかるべきだったと思うのですが、そのようなものは感じられません。したがって大炊介は吉岡が真実を告げたその瞬間、かれを忠臣とは思わなかったはずです。逆に讒言《ざんげん》をなす者と受け止めたと思いますね。

大炊介が藩主の器であるかどうか。かっとなって斬り捨てたように見えるが、周りの人々は誰一人理解していない。そこで人間的にためらって真偽のほどを確かめようと母親のもとに行ったりするのであれば、それは近代小説ですよ。山本周五郎はここで歴史小説を書いているのです。ですから歴史の制限や条件などからくる近代の感覚にそぐわない、もしくは違和感が感じられる面はあると思いますが、そこはこの小説の枠のなかのこととして考えるべきでありましょう。

大炊介が吉岡進之助は無礼をしたと言ったとき、それは言いわけでもなんでもなく、主人公にとってはまさに無礼以外のなにものでもなかったのです。むしろこさぶと言われる人物のほうが、吉岡を斬ったことが大炊介の心の傷になっているのではないかと考えている。ですからこのこさぶも根性のある男ではありましょうが、しょせん大炊介の上に出ることは出来ない人物なのです。

かれは自ら願って暗殺者としてやってきたが、そのじつなんとか助命を願っていろいろ事情を知ろうと聞き込みをする。そのことによってわれわれ読者はいろんなことを理解するのですが、ほんとうに核心となるほんとうのことは、大炊介の胸のなかにしかない。大炊介が打ち明けたのは、こさぶがなおという女に刺されて、動けば死ぬという場面に立ちいたったからです。そうでもなければ最後まで、黙ったままこさぶに殺されていたはずです。両者は人間的な力量がやはりちがうとわたしなどが思うのはそのあたりなのです。

大炊介が抱え持った沈黙の重さ、深さというものは、こさぶでさえせいぜい真相の周辺までしかたどり着くことが出来なかった。まして、その他の人たちには想像の外だったと思います。

言ってはいけないことというものがある。それを言えばそれは忠義に反する。いや、それ以上になにか、人間として最も尊ばれなくてはならぬものを蹂躙することになるということがある。吉岡進之助はそれを少しも弁えなかった。若さゆえというだけでは済まされない人間の根本的な器量の問題です。

しかし、大炊介の悲劇は吉岡を斬ったあとに始まるのです。斬ったこと自体が悲劇の原因ではありません。藩主の戒めが戒めにとどまらず、閉門あるいは藩主の器に非ずと言われたのであれば、大炊介はむしろどれほど救われたことか。しかしじつの父親ではない藩主は、お前こそ藩の跡取りであるという考えをなおも変えなかった。ですから大炊介はそれに答えなければならなかったのです。乱暴狼藉をはたらく人非人、密夫の息子として。この大炊介の悲劇的な逆説的な感情の深さと振る舞いの激しさは、吉岡を斬った間髪を入れないその行動の迅速さにも表われている、とわたしなどには思われるのです。

司会　話は尽きないようですが、時間が来てしまいました。今日はこの辺で終わります。みなさん、どうもありがとうございました（拍手）。

山本周五郎略歴

山本周五郎（一九〇三―六七）は大衆文学の作家と見なされてきた。だが自身は、自分が大衆作家であるとは露ほども考えていなかった。かと言って自分は純文学を書いているという意識もなかった。よい文学を書こうと心がけているのであって、高級文学か大衆文学か、あるいは文壇主流の文学かそれとも野に下ったようなかたちで、読む人にのみ読まれればいいというような高踏派ないしは偏屈ものの気取りがあったわけでもなく、自分は文学の王道を往っているという自覚が周五郎には一貫してあった。

映画監督の黒澤明は山本周五郎が好きで、周五郎の作品に取材して映画を何本も作っている。『赤ひげ』『季節のない街』『椿三十郎』などがそうである。さらに生前黒澤明がメガホンを取るまでにはいたらなかったものの、企画して脚本まで準備していた『雨あがる』という作品がある。のちに黒澤明に捧げるという献辞がついて映画化されている。実際、周五郎の作品は数多く映画化ないしドラマ化されている。『五辨の椿』『樅ノ木は残った』なども代表的なものにかぞえられる。

六十四年で生涯を終えた作家であるが、けっして長い人生とは言えないにもかかわらず、あれだけの作品をこの世に残したということは、作家として大作家と言えよう。

周五郎の代表作の一つとされる短編連作に『日本婦道記』という作品がある。これが直木賞候補になったとき本人は直木賞と聞いて辞退して、それ以後生涯ただの一度も「賞」というものを受けなかった。その直木賞辞退の弁はこうだった。

「自分はすでに賞を受けている、自分の本を活字にしたいと言ってくださる編集者並びに読者のみなさんからすでに賞を受けているのと同然なので、このうえ何々賞という名の付くものをいただくのは僭越のいたりである、どうか謙遜の気持ちで辞退するということをご理解していただいたうえで、わたしの辞意をお受けいただきたい。」

ここに山本周五郎の偏屈な性格が表われていると見る向きもあって、親しい間柄だった尾崎士郎は「曲軒」というあだ名をつけた。山本周五郎は自分の長い名前を略して「山周」と呼ばれるのを極度に嫌ったが、「曲軒」と呼ばれるほうをむしろ好んだというエピソードも残っている。

山本周五郎質店の主人からの影響を強く受け、主人のことを親父と言っていたという。その親父がよく周五郎に語った。わたしはいまお前に出来るだけのことをしてやっているつもりだが、わたしが死んだあとでさいわいにして成功したとしても、残った家族になにをしてくれなくてもいいんだよ。わたしがおまえのような好青年にめぐり会えたことはわたしにとっても大きなしあわせだった。だからおまえが一人前の物書きになれたら、そのときは誰でもいい、おまえの前に現われた好青年に出来るだけのことをしてやってくれ。それがほんとうの人間の財産なのだ、と。

骨肉の情愛よりも、袖触れ合うも他生の縁というように、精神的な絆のほうをはるかに重んずるそのような結びつきが両者のあいだに存在した。それがさまざまな作品のなかに大なり小なり影を落としている。

このようなエピソードを読むにつけても、『大炊介始末』の藩主相模守高茂はなにもかも知っていたのではないかとますます思われる。だからこそ主人公の苦しさもまたいっそう深いものになった。孤独地獄、悲劇がどんどん深まっていったと考えられる。

山本質店の親父さんが卒中でたおれて息を引き取ったときの挿話も記憶に値しよう。多くの人が死に顔を見に行ったが、周五郎はおれは行かないと言った。そんな時間があったらおれは読者のためによりよい小説を書く努力をする、と。人間いつかはかならず死ぬ、人間の付き合いは生きているあいだだけのことだ、死んでしまってからでは間に合わない、だから人間はいまのいまお互いの現在の人間関係を大切にしなければならない、おれはそう思うと言って通夜にも葬式にも出なかったという。これが「曲軒」の真骨頂であった。

参考文献

テクストは山本周五郎短編集『大炊介始末』（新潮文庫）収録表題作。
木村久邇典著『山本周五郎』上下巻（アールズ出版）

第4章

わが身の阿呆がをかしうて

——宇野千代作『おはん』

作品紹介

七年前に妻のおはんを実家に返して自分は芸妓のおかよと暮らす加納屋が、ある晩おはんと出会ってしまった。実家で妻は出産したと風の便りに聞いたが一度もその子の顔さえ見たことがないのだった。

再会して見れば妻への思慕がつのる。悟《さとる》というまだ見ぬわが子も見たい。こうしておかよに隠れておはんを呼び出しては逢瀬《おうせ》を重ねるようになる。悟も実父とは知らずなついてくれる。

ようやく家を借りて妻子とともにやり直そうと決心する。おはんに向かってそれを告げさえするが、そうとは知らないおかよのほうは二階にひと間を増築して、好いた男との水入らずの生活を存分に楽しもうとばかり考えている。男にとってはそれも捨てがたい。

引っ込み思案のおはんと勝ち気なおかよとのあいだで、優柔不断な加納屋はどちらにもいい顔をしながら最終的な選択が出来ない。

作者が十年の歳月をかけて書き上げたこの物語は文庫にしてわずか百ページあまりであるが、性格の異なる二人の女とどっち付かずの一人の男を描いて古今に類を見ない傑作となった。のち一九八四年、市川崑監督により映画化される。

一　戦後十年目にして

司会　定時になりましたので始めます。きょうは宇野千代作『おはん』を取り上げます。いちおう新潮文庫版です。いつものように最初にAさんからお話ししていただいて、その後討論にはいりたいと思います。それではAさんよろしくお願いします。

A（講師）　みなさん、こんばんわ。この作品を取り上げたきっかけは、宇野千代の最高傑作と言われているばかりでなく、これを取り上げて深沢七郎の『楢山節考』と読み比べてみたいという気持ちがわたしにありました。と申しますのも、『楢山節考』が発表された年と、この『おはん』が発表された年は同じ年なのですね。昭和三十二年（一九五七年）です。日本の戦後文学がスタートして、ようやく戦前からの作家も戦後の作家も書き始めて、深沢七郎の場合は新人として登場したわけです。

いっぽう宇野千代はすでに戦前、戦中とも作家活動にはいっていました。戦後しばらく沈黙があった。この作品が発表されたのが昭和三十二年ですが、実際にはこの作品を仕上げるのに作者は十年以上時間をかけました。その十年のあいだ、中断しつつも断続的に書きつないで行ったわけです。一気呵成に書かれたのではありませんでした。にもかかわらず前後の文体に変化や乱れが感じられない。内容もさることながら、文体の統一に明らかに見られるその持続力ということでも当時の批評家や読者を驚かせたのです。

二つの作品を取り上げようと考えたもう一つの動機としては、『楢山節考』の主人公のおりんの深沢七郎による造形の仕方と、宇野千代が創造したおはんですね、小説のタイトルが『おはん』になっています。タイトルにもなっていながらおはんの影の薄さのようなものが、別の登場人物であるおかよとの対照において奇妙なくらい鮮やかです。

作者は十年もかけて推敲に推敲を重ねたのに、小説のタイトルにしている女性をこんなに引っ込み思案のような、影の薄いような女性として描いたのはいったいなぜだろう。亭主によって無理やり別れさせられながら七年もじっと耐えている。出戻りとして実家で肩身の狭い思いをしながら、針仕事などして子供を一人で育てている。なぜ作者はこういう女性を描いたのだろう。さらにはどうして物語の語り口が男の懺悔話というスタイルを取っているのだろう。

昭和三十二年という年にこのような対照的な二つの作品が現われたのです。これは日本の戦後文学の可能性を暗示していたのか、それともなにかちがう時代の微妙な側面を表わしていたのか。

解説にも書かれているのですが、この年あたりに女性作家も華々しく登場しているのですね。円地文子のようにすでに小説家として名をなしている人も『女坂』という代表作を書いています。有吉佐和子、曾野綾子、あるいは男性作家でも大作家であった谷崎潤一郎が作風を変えて、『鍵』という作品を出しています。また、三島由紀夫は『美徳のよろめき』を出してベストセラーになっています。そのほか大江健三郎、開高健などの新人が続々と文壇に出てきた年でもあります。

これだけの女性作家、男性作家の新人が登場する、あるいはまたベテランも作風を変えて登場してくる。昭和三十二年という年は一九五七年、戦後十年の日本の文学のなかのどういう潮流のなかにあったのだろうか、ということも含めてきょうは考えたいと思います。

小西甚一という日本文学者が日本文学史の大著を書いているのですが、その文学史で言われていることが重要と思います。すなわち、作品が出版されたその時点でその作品から作風を推し測って、その作風と時代との関係をそのまま結びつけるとまちがうと言っている。

作品というのは波の波頭にあたるものであるが、じつはそのうねりははるか前に発生している。それがだんだん水面に上昇してきて白波を生み出す。白波の波頭の部分を捉えて、それがたとえば昭和三十二年であれば、この年はこういう時代だと言うのはじつは時代の表層だけを現象として見ていることになる。時代の深層、うねり、動きといったものに目を向けなくてはならないと小西甚一は言っています。

これは大事な指摘ではないでしょうか。宇野千代が『おはん』を執筆し始めたのは十年前の昭和二十二年。日本が戦争に負けて焦土と化して右往左往しているそのころに書き始めている。それから十年間推敲に推敲を重ねて、ようやく昭和三十二年に出版した。いっぽう『楢山節考』はいつごろ構想されて、いつごろあのような作品に書き上げられたのか。わたしにははっきりと分かりませんが、あの作品もまた用意周到な仕掛けをほどこされていることはまちがいない。一見したところ素朴と言ってもいいようなシンプルな文体で書かれていますが、モダニズムを通り抜けた知的な作品です。作品を人物、状況に即して読んでゆくと、相当意識的な操作がなされていることがうかがわれる。つまり純然たるフィクションなのに、伝説や昔話を下敷きにして、それをいかにも事実であるかのように書いている。

『おはん』はどうでしょう。女性作家がダメ男の口を借りてまるで性格のちがう二人の女性を書いたということで済ませてよいかどうか。深沢七郎が男性作家としておりんという女性を造形した。いっぽう宇野千代は女性作家としておはんという女性を造形した。一見対照的に思われるこの両者には、作品を掘り下げるとなにか共通するものが見えてくるのではないかという気がわたしはしていますが、それをおいおいきょうの話のなかで明らかに出来ればと思っています。

『おはん』の内容にはいってゆくに先立って、いちおうわたしがこの作品を選んだきっかけをお話ししたわけです。

作品中の語り手である河原町の加納屋という紺屋のせがれですね、この語り手は自分の家の身代をつぶして、女のところに走ってしまった不甲斐ない男です。おかよという芸妓の家に七年間も居候《いそうろう》をしている。他方では別れた女房のおはんと息子がいる。ところが自分の息子の顔を見たことさえもないのです。

小説を読み始めて数行目、語り手が友だちと橋のたもとに立って夜風に吹かれていると、自分の脇をすり抜けていった女がいて、見るとそれがおはんだった。追いかけて行ったら暗がりに立って待っていた、というところからこの物語は始まります。

この七年、ほかの女の家にいた語り手が里心《さとごころ》がついて、女房のおはんのところに訪ねて行ったというのではない。おはんのほうが亭主の姿を認めてわざと袖触れ合わんばかりにしてすり抜けてゆくわけです。この場面なども明らかに作者の意図がかいま見える。つまりその一事をもってしても、おはんの描かれ方はたんに影が薄いだけとは言えない。十分計算の上の造形と言わざるを得ない。そのあたりもみなさんがどう思われるか、ご意見をうかがいたいと思っています。

司会　では討論にはいりましょうか。ご発言をどんどんお願いします。

B（五十代男性）　だいぶ以前になりますが、最初『おはん』を読んだときの印象は、ここには社会も描かれていなければ、時代もはっきりしない、思想もなにもない、退嬰《たいえい》的で情緒だけを描いている作品、まして戦後の変革のようなものもない作品、さらには主人公である語り手の男がなんの魅力もない男で、『それから』や『暗夜行路』の主人公のように運命に抗して生きる非常に個性の強い主人公がいるのに、この男はなんなんだろうと思いましたね。おはんは優しい、美しい、非常に日本的な女性として描かれていて、よい作品であることはまちがいないのですが、ここで取り上げるような作品なのかなというのがぼくの正直な実感だったのです。

ところが今回の講座のためにもういちど読み返してみて、自分の第一印象はとんでもない浅薄なものだったと、記憶にあったのとは全然ちがうんだと今回思い知らされた次第です。

この作品のほんとうの面白さは、思想うんぬんよりも作品としての面白さだと思ったと同時に、じつに恐い作品だなあとも思いました。いま講師が言われたように、破局に向かって進んでゆくことが計算し尽くされているというか、考え抜かれたかたちで描かれているというのが、再読しての偽らざる印象ですね。

司会　なるほど。もうすこしどうぞ。

Ｂ　最初におはんと会って、しばらくしておかよが出てきたときなどはぞっとする場面です。運命を感じさせられます。それをだんだんと破局に向けて描いてゆく。最終的には子供がふとしたことから亡くなってしまうわけです。だがそこのところに得も言われない余情がある。ですから、読めば読むほどこの作品の深さが感じられる。

きょうの本題ではありませんが、講師の話に出た『楢山節考』のこともちょっと言いますと、あちらは事実に即したリアリズムというものではなく、作者の純然たるフィクションなのだというお話をいましがたうかがって、ああそうなのかと思ったのですが、『おはん』もフィクションとしていろんなものを持っている。二人の女性と一人の男の世界を、変形した人間の愛のようなかたちとして描いている。非常に不甲斐ない男と言ってしまえばそのとおりですが、その男のなかに、一筋縄でいかないものがあるように思われるのです。

ぼくはおかよという芸妓がある意味でおはん以上に魅力的で、もしおはんともう一度ヨリを戻すことが分かったら彼女は黙っていない。きっと刃傷沙汰になる。それくらいの情熱のある女性で、それもまた一つの魅力ある女性像の描き方だと思いましたね。それから少しだけ出てくるおせんという女の子がいますね。十三歳のおませで、女の子らしくて、ちょっとずるいところもある子なのですが、悟《さとる》という男の子との配置が面白いと思いました。

さすが十年の推敲を重ねただけあって、破綻のない小説だなあと思っています。それでも言うとすれば、おはんが出来すぎた女性に見えなくもないのですが、きょうここにお見えの女性たちも、おはんのような方が多いのかなと思ったりもして、それともう一つは、この作品を男性作家が書いたら果たして読まれただろうかと思ったのです。もしかすると宇野千代だから通用したのではないかなどとも思いましたが、そのあたりもご意見を聞かせていただければと思うところです。

C（六十代男性） 作品としては非常に面白いという感想をわたしも持ったのですが、もう一つ物足りないというか、文学作品としては素晴らしいのかもしれませんが、なにを訴えたいのかというあたり、確かに表面は言いたいことはよく分かるのですが、心から共鳴するというところまではいきませんでした。

不甲斐ない男性の描き方が町人としての面白さになっているとは十分感じられましたけれども、なにかそれ以上のものがないなという気がしないでもありませんでした。もう少しみなさんのお話を聞きながら自分の考えをまとめたいと思いますので、最初はこのくらいで勘弁してください。

A Bさんが発言されたなかで、『暗夜行路』、『それから』の主人公のように運命に抗して生きる男たちの造形には積極性が感じられて共感的な印象を受ける、それに対して『おはん』に出て来る語り手の男の優柔不断さというのは、それとまったく対照的だという意味でおっしゃったと思うのですが、わたしがこの『おはん』を選んだきっかけは先ほど二つばかりお話ししましたが、あえて言えばもう一つ動機があるのです。それはこの十年わたしがこの講座を講師として担当するようになってから、外国文学も、日本文学に変わってからも、おもにわたしが作品の選定にあたって来たわけです。わたしが素案を作って提案しますが、修正される場合もあります。

司会　今回はこれが企画として通ったわけですね。でももう一つの動機というのは？

A　はい。この『おはん』の語り手は、おっしゃるようにこれまでわたしが選んで来た作品のなかの主要人物とは全然ちがっている。捉えどころのないと言うか、男としてどうしようもないクラゲのような、骨なしのような、浅ましいし、尊厳もないし、プライドもない。このような人物を小説の中心の語り手に据えて作者はなにを表現しようとしたのだろう、とそこがいちばん気になったわけです。

ふり返ってみると、そもそもは学生時代にこの作品を読んだときなんだかとても感動したのです。当時のわたしはアーネスト・ヘミングウェイ、アンドレ・マルローなどの外国文学、それからロシアのトルストイ、ドストエフスキー、ツルゲーネフなどを読んでいました。これらの作家の主人公はみんなヒーローです。物語をけん引する存在感が強い。スタンダールの『赤と黒』の主人公ジュリアン・ソレルなどは、我の強さにおいて、あれがつまりフランス革命以後の市民の自我意識というものなのだということを強烈に感じさせられた。ああ、そうなのか、と目から鱗《うろこ》が落ちるような気がしたものです。

そこへたまたま深沢七郎の『楢山節考』を読んで、そのなかの息子の辰平ですね。あれはきわどい男です。下手をすれば『おはん』の語り手の加納屋のようにもなりかねない意志薄弱なところのある男ではないかと思いました。昭和三十二年に『おはん』とか『楢山節考』が出てきて、そこに出てくる男たちにはいわゆる男性の強さ、あるいは毅然たるところがあまり感じられない。辰平は人がいい、加納屋もその点で人がいい。少なくとも悪人ではないわけです。だがこんな男となんでおはんがと思いますよね。おかよにしてもそうですね。

戦後十年を経ていますが、それまでの日本近代文学の持っていた男性像というものに対する幻想が崩れたのではないかとわたしは当時思ったのです。森鷗外の『阿部一族』の主要人物たち、あるいは夏目漱石の『それから』の大輔、島崎藤村の『破戒』における瀬川丑松、『夜明け前』の青山半蔵といった男たちは、滅びゆくか没落するかもしれない人物として造形されている。一様に強烈な個性や自我がある。

　ところがその意味から申しますと、昭和三十二年に書かれた作品のなかから選んだ二つの作品、ここに出て来る男性たちにはそういう意味での毅然たるところが感じられない。『楢山節考』のあのおりん婆さんも、せがれの辰平がちゃんと自分をお山に連れて行ってくれるかどうか気が気ではないわけです。辰平の後添《のちぞ》いもおりん婆さんが自分で手を回してもらってやっているでしょう。そういう意味で辰平という男には毅然としたところより、むしろおりん婆さんが見抜いているように、意志薄弱なところがある。

　そのような点からすると、それまで日本人が持っていた男性像の幻想が、日中戦争と太平洋戦争つまり十五年戦争で、いったん崩れたのではないかというふうにわたしには思われたわけです。

　いっぽう、三島由紀夫のような一見男性的な作家でさえ、よく読んでいくと、『金閣寺』の主人公のように非常に脆いものを感じさせる。ひと括りにしてしまうのは問題かもしれませんが、そのような脆さを共通に持っているということをあえて指摘することも可能でしょう。

　いましがた申しましたように、わたしは少年時代から、ジュリアン・ソレル、ロバート・ジョーダン、フレデリック・ヘンリー、あるいはラスコーリニコフなど文学の主人公たちに共感を抱き、学ぼうと思って来たという経緯があるのです。ですから『おはん』を読んだときはだいぶショックでしたね。いずれ取り上げるつもりの太宰治の文学にしてもそうなのです。あの『人間失格』の主人公とかですね、昭和二十二年から三十二年のあいだに、日本近代文学の男というものの捉え方がまちがっていたのではないかという懐疑、いっぽう的すぎたのではないかという反省が、文学の表現にようやく露頭してきたのではないかという気もする。
たぶん宇野千代という人は、この語り手の男とは正反対の人でしょう。むしろおかよのような強いところがある人ではないか。おはんとは全然ちがいますね。

二　おはんのおはんらしさ

司会　はい、ではDさんが手を挙げていらっしゃいます。

D（五十代女性）　わたしも最初に読んだときには、なんでこんなに優柔不断な男がえらいんだろうと思っていらいらしてたんです。ですけど今回読み直したときには不思議とこの男が、どうしようもない男としての自分を正直に出している言葉が、なにか理解出来るような、因縁というか、業というか、あるいは人間の情念というか、性格のどうしようもなさも含めてですが、この男は、現在生きているわたしたちにも多く見られる面子《メンツ》、体面、建て前などはかなぐり捨てて、かえって自分のどうしようもないところをさらけ出しながら生きている。そういうところがいままで読んできた本の主人公とはちがった人間に思える。この男の生き方を参考にしようとはつゆ思いませんが、人は自分をこんなにさらけ出すことが出来るかと言えば、なかなか出来ないだろうと思うんです。

そうすると、この男はどうしようもないやつだけれども、いやだとは思わないですね。理屈でもなんでもなく、ただストレートに気持ちが分かるような気がしたんですよ。

奥野健男の解説には、おはんのなかにも、おかよのなかにも、そして加納屋のなかにも、宇野千代自身がいるのだということが書かれていますけれども、それも納得出来るところがある。これをきっかけに他の作品も読んでみたのですが、宇野千代の恋に生きる生き方も毅然としたものを感じて、でもこの男やおはん、おかよのなかに自分というものが表現されているのだということもうなずけると思いました。

とにかく、最初読んだときのあのいらいらがなくなってしまったのはなぜなんだろうと思っています。それと、おはんの手紙が最後に出てきますね。息子の悟《さとる》が亡くなって、おはんは加納屋をまだむかしのようにすごく好きなんだけれども、結局自分からはっきりと別れを告げて去っていく。あそこは以前ここで取り上げたモーパッサンの『クロシェート』のクロシェートに、おはんが重なって仕方がなかった。どうしてこんなしょうもない男に、という気持ちよりも、おはんが書いたこの手紙のなかに、おはんのおはんらしさと言いますか、自分に対する尊厳のようなものが感じられましたね。

司会　するとこの数か月で印象が変わったということですか？

D　そうなんです。

司会　最初にお読みになったのはいつごろですか？

D　講座でやるということが決まってからすぐです。たぶんモーパッサンの『クロシェート』を読んでから変わったのかもしれませんね。

E（六十代男性）　いま、いろいろお話をうかがって考えたので、妥当な解釈ではないかもしれませんが、ぼくは加納屋という優柔不断な男を描くということよりも、そういう性格の男性からおはんとおかよという対照的な女性を見てゆくのに都合がよかったのかなと思ったんです。

結論から言うと、おはんのような奥ゆかしいというか、損得抜きに自分が身を引きながら相手と諍《あらそ》いをなるべく引き起こさないようにしながら、言ってみれば包容力のある女性というのは、むかしはおおぜいいたように思うんです。けれども、先ほど昭和二十二年から書き始めて三十二年まで十年間かけて書き上げたというお話でしたが、書き始めた年より前からいろんな考え方が『おはん』という小説に書き込まれてきていると考えると、民主主義的な風潮がずっと作られてきて、ややもすると自己主張が利己主義的になったりというようなかたちで、おかよのように生活力が旺盛で、自分の利害関係をきちんと主張出来るような女性たちが出てくるという、そのような戦前によく見られたような人と、戦後に現われてきたような人々との社会的なちがいというものがあっただろう。

女性を直接描くということは、おはんの立場から描くということで、それはおはん自身の気持ちを出すことになりますね。いっぽうおかよを主として書く場合には、おかよの心理的な面を表わすことになるわけです。だが、それをそうではなく客観的に書くためには、他の第三者からおはんやおかよを見ることが適切だったのではないかと思うのです。そのときに男の言葉を借りて書く。語り手である加納屋自身はけっしてわるい男ではない。いつも解決の仕方を自分で持っているのに、決断だけが出来ない男として書かれている。そういう意味ではわるい男だけど、真にわるい男ではないような気がする。

戦前によかった女性の説明がちゃんと出来ないのですが、たとえばという話をちょっとします。きょうは中秋の名月ですよね。ぼくが住んでいる海老名の知り合いのおばさんの家ではいまでも毎年ちゃんとススキを飾って、団子を十五個並べて、果物も供えて願い事をするのです。むかしはどこの家もそのようにした。そしてその日は子供が団子を盗みに来る。その日は盗みをよしとしていた。

そのことがなんでぼくの話と関係があるのかと言いますと（笑い）、要するに非常に利己的でなくて連帯感があったぼくの子供のころ、みんなで垣根もない他人の家の台所からはいって行って、裏に抜けてまた他の家に行くとか、よその家で飯を食ってくるとか、そういうことが普通にあって、それは自分だけがよければいいという損得ではなくて、相手のことも考えてなるべくいさかいのないように対処していた時代だったような気がするのです。

そのような女性や男性がむかしは普通にいたわけです。だから時代的な状況がそのようなおはん、おかよのような人間に反映していたのではないかというふうに、ぼくは考えられると思うのです。ああ、どうぞ批判してくださいませ（笑い）。

C　さっきは曖昧なことを言って途中で止めてしまったのですが、ぼくらの子供のころの大人の世界というのは、言い方がよいかどうかは別として、たとえば二号さんを持っても外から見るとトラブルのない家庭があって、そのような観点から言うと、おはんやおかよのような人もぼくの感じから見ると、それほど珍しい存在ではないような気がします。日常茶飯事とまでは言わなくても、親の年代から見るとこのような世界というのは、それほど不思議な世界ではなかった。その意味では、先ほども言いましたがこの作品は小説と女流作品としては構成も表現もいいと思います。だけどももう一つ物足りないというのは、なにか感動するものがなかったということで、宇野千代という作家はこの作品を通してなにをいちばん言いたかったのかというあたりがはっきり読み取れなかったからなんです。

F（六十代女性）　いま、Cさんの言われた二号さんうんぬんの話は、すべてとは言わないけれど、ある意味でその位置付けは権力、お金、もしくは暴力、財力というようなものを動かすことが出来る人がやっているわけですね。わたしは、おはんもこの男性も軟弱だなと思ったんだけれど、おはんはたぶんこの加納屋という男がほんとうに好きなんだと思う。そこにおかよがいて、おはんが本妻なのに夫の愛人であるおかよに謝るところがありますよね。そういうところから言っても、ほんとうに夫が好きだということがさらに分かるような気がします。だから七年というあいだを置いてもまた男と女として会えるのだと、そういう気がしました。

おはんの気持ちに即してみれば、妻がいちばんの存在とか、妻だから立場が強いとか、そういう意識ではないと思うのですよ。

Ａ　Ｆさんがそうおっしゃるのはじつに意外ですね。というか、その意外なところが面白いわけですけれどもね。だからこの講座やめられないんです（笑い）。

三　得体の知れない感覚

司会　Ｇさん、ご発言がまだですね。Ｇさんは講座が始まる前に、『楢山節考』の場合はどちらかと言うとあまりにもおりんが出来過ぎていて、えっ、ほんとかなっていう感じで、おはんの描かれ方とは全然ちがう、と言われていましたが、ここまでの議論をお聞きになっていてどうですか。

Ｇ（七十代女性）『楢山節考』のおりんもですが、辰平のこともいろいろ説明してもらったわけだけれども、でも辰平よりもやっぱりおりんの印象のほうが小説としては強いわね。辰平とかそういう副次的な人物が物語のあちこちに散らばっているから小説が読みやすいということはあるかもしれないですけれどね。

Ｈ（六十代女性）わたしはね、これ読んでいていらいら、いらいらして、なんだこの男は、と思ってたんですよね。だけど、そのあとで太宰の『人間失格』を読んだんです。そこからの連想で考えると、女のほうが立ち上がっていく力がすごいんだっていうことを、『おはん』では表現しているんだなと思ったの。おはんの最後の手紙で、なぜ女はこんなふうに言うんだろうと初めは思ってました。確かに男からすれば身を引いてくれたほうがずっと楽かもしれないけど、じつはおはんもおかよも自分というものを持っていて、それなりに生きていく自己というものがあったんじゃないか。

わたしは宇野千代の自伝を読んだことがあるんですけど、美しい人だけど芯は強い人で、そんじょそこいらの男に負けないような女性だなという印象を受けたんです。そういう人だけれども、自分自身がこの作品に投影されていると言っている。それは、自分の心血を注いで作った作品ですから、男とか女とかいうのではなくて、生きていく土台は男女を問わず自分で背負っていかなければならないという発想を意味しているんだという気がわたしはしますね。

そうすると加納屋が掻き口説きながら言うっていうのは、非常に訴える力が強いけれど、決断しない男ですよね。そこがわたしはいらいらするんだけど、それがある意味では加納屋の魅力でもあるんでしょうね。女二人それぞれに、この男は、もし自分がいなければ生きていけないと思わせるような魅力を持っている。そこがこの小説の面白さでもありますね。

人間というものは一筋縄ではいかないので、その一筋縄でいかないところをどのように扱うのかということをとても上手く表現している小説なんじゃないか。

宇野さんってすごく面白い人で、いろんな男と付き合い、その付き合い方も別れ方も、すごく面白いですね。印象として言うと、男が彼女をまだ惜しいなと思っているうちに自分のほうから別れ話を持ち出す。そのようなところは自分の主義をちゃんと持っているということであって、おはん、おかよにしても、またおせんにしても、自分というものを持っている。それにくらべて加納屋などはやっぱり男としても人間としても、ひ弱いなという感じですね。

A　作品から離れて作者自身のことを論ずるのはあるいは筋ちがいかもしれませんが、Hさんがいま言われたことに関連させて発言すれば、岡本かの子の『老妓抄』を思い出してもいいと思うのですね。主人公の老妓が若い男を自分で世話していますね。食わして、好きなことをさせる。この男が最初はみどころのある男だと思っていたら、ふらふらしますよね。家出を繰り返してはまた老妓のところへ戻ってきたり、また老妓の姪にちょっかい出したりね。その中途半端な態度を見て、老妓がたしなめるわけです。一生懸命やるのならいい、でもあんたにはその一生懸命ということがまだ分かっていないようだと。

物語はフィクションであるけれども、岡本かの子という作者自身を投影していますね。宇野千代の場合も『老妓抄』の老妓のようなしたたかなきりっとしたところがあったんですね。

では『おはん』のなかでは誰がいちばんきりっとした存在を再現しているのか。宇野千代自身は部分的にはおはん、おかよ、加納屋のいずれのなかにもわたしがいると言っています。ですから作者には三人の人物それぞれに三つの性格的要素が自覚されている。作品のなかではそれが三者に分かれている。かたちを変えた私小説かもしれないとも宇野千代は言っている。事実、心理的な観点からすれば私小説と読めないこともない。

そのように考えると、フィクションとして客観的に突き放して読んでいくのもわれわれの自由ですが、やはりここには三つのタイプがあって、その関係を描くということが作者の最大の狙いだったろう。その中心に宇野千代自身が存在していて、自分はどう生きていくかという問題意識があったと思うのです。おはんのあの最後の手紙にしても、こんな手紙をもらった人間がこの世にあろうかと加納屋が述懐するわけですが、作者の宇野千代も、自分も別れの手紙を書くならこのように書きたい、このようにして去っていきたい、という思いがあったでしょう。

いっぽう加納屋の要素も宇野千代のなかにあると思われますが、自分をよく知っている。加納屋はただの気の弱い男ではなく、自分の恐れを知っている。この男には並みの男にはない感覚がある。男としてひ弱い人間だけれども、いわゆる立派に生きている男にはない独特の感覚があると思いますね。

司会　その独特の感覚というところの説明をもう少し具体的に聞かせてください。

Ａ　その感覚はおそらく合理主義や民主主義では割り切れないような感覚でしょうね。たとえて言うならば夏目漱石の『夢十夜』のなかの第三夜に、自分が日暮れどきに子供をおぶって村はずれの森に行ったら、背中の子供が、おとっつぁん、ここだよね、百年前お前がおれを殺したのは、と言う。言われてから、そうだ、おれは百年前ここで目の見えない人を殺したことがあった、と。そのとたんに背中がずしりと重くなった。あのような感覚が漱石にもあったのですね。近代英文学を学び、イギリス留学を終えて帰って来た近代作家の漱石にも、あのような感覚があった。

その感覚は近代合理主義ではないわけです。もっと得体の知れないものですね。その得体の知れない薄気味悪いような感覚が、全編を通じてこの『おはん』に語り手として登場する加納屋のなかにも見え隠れしている。最後にはおはんからあのような手紙をもらって、これからどのようにして生きていけばいいのかと思ったとき、ある意味では地獄を生きるより辛いものをこの男は背負ってしまったのです。それが本人には分かっている。その男が冒頭で、よう聞いてくださりました、と言ってこの物語を始めているわけです。この書き出しのところを見ると、これは一人称で主人公加納屋が自分と二人の女性との関わりを語り、それから息子に死なれてしまう一部始終を語っているわけですけれどね。

このスタイルを、たとえばアメリカのヘミングウェイの『武器よさらば』を例に取って比較してみると、あれは主人公がイタリア戦線で出会ったイギリス人の女性看護師との恋愛、戦線離脱、女性が妊娠してその後母子ともに死んでしまい、一人になってしまうという経験を、十年も経ってから読者に向かって語っているわけです。あの設定と比べながら読んでいくと、なんというちがいだろうと思わないわけにはいかない。あそこに出て来る主人公は、加納屋みたいに優柔不断などっちつかずのところなどはない。初めはニヒリストとして登場して、戦争で死んでもいい、女はセックスの対象でしかないと割り切っている。ですが、ほんとうに恋愛してしまうことによって、戦争で死ぬのは愚かしい、それに比べたら女性を愛するということは素晴らしい、というように人生観そのものが戦争という状況下で劇的に変わっていくわけですね。

でも、加納屋はどうか。たぶん少しも変わりませんね。事柄がいっさい終わって、これからも地獄を引きずって生きていくだけです。かれ自身は少しも変わっていない。こんな人間をよくも女性作家が男として書いたと思いますが、宇野千代のこれ一冊だけかもしれないが、この人にはすごいところがあるのではないか。と思うのは、合理主義では割り切れないようななにかに怯える男をちゃんと書いているからです。これは近代以前の日本人の感覚ですね。

わたしは解説を書いている批評家の奥野健男もさすがにそこのところを鋭く見ていると思い

ました。呪詛的世界という言葉を奥野さんは使っています。西欧近代小説から最も遠いこの因果的世界観とも言っています。

作者はこれを昭和二十一年から書き始めて昭和三十二年に発表しているのですがいわゆる戦後文学ではありません。つまり大江健三郎や開高健のような戦後文学ではない。深沢七郎の『楢山節考』にも呪詛的世界観があって、おりんはその世界で生きている。そのような呪詛的などろどろしたもの、根源にあるようなものに目を向けるというセンス。戦後であろうとも、依然として文学者はそこを無視せず深くとらえてゆくセンスが必要ではないかとわたしは思っています。

四　おはんの手紙

C　お話のなかのジュソウ的というのはどんな字を書くんですか?

A　呪詛です。呪術的と言い換えてもいい。原始仏教のような、あるいはシャーマニズム的なものの捉え方、考え方や感じ方ですね。柳田国男の『遠野物語』などに出てくるような非合理的なものの感じ方です。キリスト教的な考え方とはちがう世界観が仄《ほの》見えるような気がしますね。

G　これだけのことをして、おはんが出て行って、この手紙というのはないですよね。ここがクライマックスじゃない。ここまで書いてきて、こんなのは嘘っぱちだよといって放り出してしまうか、考え込ませるかは、作者の腕の見せどころね。

D　確かにそうですね。おはんのあの最後の手紙がなかったら、わたしはこの作品への評価がいまのようには肯定的に思えなかったという気がします、最初読んだときはおはんがなぜこんな男と、と思ったのですが、この手紙の工夫がこの作品のモチーフを高めているような気がしますね。加納屋はいらいらさせられるような、どうしようもない男なんですね。しかもおはんをいったん実家に帰したあとに悟という自分の息子が生まれているわけですよね。その息子にいちども会ったことがない。そのまま七年も放っておく。それでもたまたま店に来た子供をひと目見るなり、自分の息子にちがいないと認識して、この子が七年も放りっぱなしでいちども見たことのないわが子なんだと思ったときは、胸が締め付けられるような気がしたというくだりがありますね。

H　わたしはそこのところが意外だったんですよ。女に対しての加納屋の薄情さと、自分の血を分けた息子に対する情愛が併存している。そのことの自覚が、自分は犬畜生にも等しいと加納屋に言わせているわけでしょう。

D　ええ、そういう男だけれども、自分の息子に対する情愛には嘘が感じられない。逆にすごくリアリティが感じられて、わたしが最初の見方と少しずつ変わってきたのは、そこのところもきっかけとしてありますね。だからHさんが言われる人間は一筋縄ではいかないということを、かりに自分に置き換えて考えたとき、自分はいままで正しく生きていきたいということをストイックなまでに追及してきたんですけれど、ここにあるおはん、おかよ、加納屋のような人間の持っている業《ごう》みたいなものと、果たして自分はほんとうに無縁なのだろうか、という問いも自分に投げかけないわけにはいきませんでした。

C　Dさんの言われることも、Hさんが言われることも、お話は分かるんです。しかし何回も言うようですが、わたしも作品として素晴らしいという感想は変わらない。だが、おはんのような女性というのは、戦前、戦中にはたくさん日本にいたような気がするのです。なにも宇野千代が文学として新しい女性のイメージを打ち出したというふうには思われないのです。

E　ぼくも同感ですね。

C　そう思うよね。男性から見ると戦前の女性のなかにはおはんのような女性がいっぱいいたような気がする。

F　戦前かどうか分からないけれど、少なくともこの物語で言うとね、おはんがいちばん強いのよ。おかよはね、鼻っ柱は強いけど芯は弱い。おかよにはおせんが必要なの。おはんは息子の悟が死んだけれども、まだこのような手紙を書いて去ってゆくことが出来る。

それと、わたしはAさんが呪詛的・呪術的な世界も大事にしたいという考えがあってこの作品をえらんだのかなと初めから思っていたんです。すると、さっきはからずもそのような話題が出たので、なんとなくおかしくなったんですけど。

A　では図星だったんですね。

F　わたし自身もやっぱりこういう理屈ではない世界というのも大事にしなきゃならないと思うんです。けれど、このおはんもおかよのタイプも、過去の人ではなくて現代にもまだいると思うの。とくにおかよの世界ということだったら現代の電車のなかにいる女性たちはこういう女性がむしろ多いくらいよね。ただね、おはんは別。おはんは現代にもいるけど、どこにでもいるわけじゃない。作者の宇野千代という人と同じよ。やっぱり、そこらの女性とは生き方がちがうわね。

H　そうですか。わたしは戦前と戦後で明らかに作品がちがうと思うんですよ。

F　ちょっと待って。そういう意味ではなくてね。おはんは強いと思うの。でなきゃこういう手紙も書けやしない。ただ書き方がね、ちょっと低姿勢だから誤解を招くかも分からないけれど、けっして弱くはないわよね。ほんとは芯が強くなくちゃこういうものを女は書けないのよ。

D　鼻っ柱の強い表現こそ見栄えは派手だけれども、じつは自分の弱いところをなんとか取り繕《つくろ》うためということはありますものね。でもね、手紙の最後のほうで、おはんの切なさというものもやはりわたしは感じたんですよ。

「ただこの際になりましても、申訳ないはあのお人へのことでござります。私の行きましたあとは、どうぞ私の分まで合せて、いとしがっておあげなされて下さりませ。」

それからその次です。

「申しあげたきことは海山《うみやま》ござりますけれど、心せくままに筆をおきます。」

この行間に、おはんの強く振舞っていても、なおかつ切なさというものをすごく感じましたね。筆を抑えることの深さというのかな、自分の筆を抑えながら、行間に自分の思いを滲ませるという、そういう意味では非常に魅力的な女性だなとわたしは思いましたね。

宇野千代という作家はこういうふうに書く作家だったんですね。わたしが色眼鏡で見ていた宇野千代さんとはずいぶんちがいましたね。

司会　あなた自身の数か月前とだいぶちがいますね。

D　そうですね。Aさんがまとめられた「扉をひらく」シリーズの海外編二冊目で『愛をつらぬいた女たち』の『クロシェート』の章を読んだときは、いいかげんな男のためにクロシェートが一生を棒に振ってしまって、というように思ったんです。でも、よく考えるとそうではない。今回はそこに気持ちがすごくダブったんですよ。

H　わたしは作品のなかに戦後女性の三つのタイプが描かれていると思ったんです。その一つのタイプがおはんであって、一見すると自己犠牲的で我が強くなさそうだけれども、内側には自分というものをしっかりと持っている。いっぽう典型的な戦後のタイプというのがおかよの肉体派、それからもっと凄いのがいて、それがおせんだと思ったの。おせんはとっても可愛らしいんだけど、悪魔的なところもある子でしょう。

A　おはんについてはちょっと異論なきにしもあらずですが、いずれにせよ作者は時代とともにこの物語を書いているわけですね。時代に迎合するという意味ではありませんし、戦後文学としての自覚ともちょっとちがうけれども、作者自身が十年かけているというのは、そのあいだ戦後の日本の時代の変化に反応しているところは否定出来ないのではないでしょうか。

C　どうして十年もかけたんですか?

A　作者が自分の目で時代を見つめるためには、それだけの時間が必要だったのでしょうね。ですから、戦後の女性の三つのタイプとHさんがおっしゃったけれど、時代風俗をストレートに描いた小説や映画もいっぽうにあるわけです。田村泰次郎の『肉体の門』とか、あるいはさっきから言及していますが深沢七郎の『楢山節考』のなかのけさ吉のようなタイプです。この小説の映画化は今村昌平も手がけていますが、最初は木下恵介なんです。そして二、三年のちがいで『日本の悲劇』というすごい傑作を木下恵介は作っている。母親が戦後女手一つで身を粉にして働いて息子と娘を育てようとするが、最後に子供に棄てられて絶望のあまり自殺に追い込まれる。

あの作品などは木下監督が戦後というものを鋭く見すえて作っていると思いますね。あそこに出て来る息子だったり娘だったりが、『楢山節考』のけさ吉や、『おはん』ではおせんなどの姿を取っているとわたしは思いますね。おせんなどは意地悪でも邪悪でもありませんが、しかし自分の保身に非常に敏感でしょう。これは『日本の悲劇』の子供たちにさらに露骨なかたちで表現されている。

司会　はい。では、ここで少し休憩にしましょう。

五　里見弴のまごころ合理主義

司会　『おはん』に話を戻しましょうか。加納屋は息子の死後、おはんと結局別れますね。もっともおはんのほうから別れの手紙を書くんですけれども。それが最前から言及されている最後の手紙です。

A「こないな手紙もろて安穏に暮せるものやと思うてるのでござりましょうか」とあるでしょう。これが加納屋が手紙を受け取って読んだときの偽らざる感覚だと思うんですよ。
そしてこの感覚は、残りの生涯けっして加納屋から消え失せることはないと思いますね。

司会 休憩のあいだにDさんが、『楢山節考』が中央公論新人賞を受賞したときの選考委員三名の発言を記録した記事のコピーを用意してくださったので、せっかくですからAさん、ちょっとそこへ話を移していただいていいですか。

A はい、分かりました。Dさん、ありがとうございます。きょう初めのほうでも申しましたが、『楢山節考』を書いたときの深沢七郎はまだほとんど無名で新人だったんです。選考委員の三人の既成文壇作家は、三者が一様にこの作品を傑作と認めて新人賞受賞が決まった。このほかにも文壇の大御所たちが『楢山節考』を評価したわけです。そのなかで、選考委員でもあった正宗白鳥だけが、際立って特異な評価をしているのです。つまり、わたし（白鳥）はこの書を面白づくで読んだのではなく、人生永遠の書として読んだのだ、この書一冊だけしか作者が書かなくともこの評価に変わりはない、とまで言ったんです。これが正宗白鳥という人の眼力ですね。

白鳥はもちろんプロの作家ですけれども、自分がなにを求めているかという初心を忘れない人だった。その作家が、ほとんど無名で登場した深沢七郎のこの作品をあれだけ高く評価した。深沢も白鳥のところに出入りするようになり、白鳥が死ぬまで付き合ったということがあります。

F　『楢山節考』を人生永遠の書だとまで言い切った白鳥が、もし宇野千代の『おはん』を読んだらどのように評価したでしょうね。

A　わたしもそこは非常に興味があるところですね。とくに知りたいのは、さきほど言いかけていたおはんの最後の手紙のことです。この手紙は加納屋自身も作中で言っているように、こんな手紙をもらってしまったらこれから先とても安穏に暮らしていけないというほどの手紙です。宇野千代はたぶんこの手紙を最後に書きたかったのだと思う。小説の最後にそれが置かれていることと言い、内容と言い、そのように思いますね。白鳥ならどのように評しただろうか。

この手紙のなかに、おはんという女性のすべてが描きこまれていると言ってもいいでしょう。フィクションのなかの優れた手紙というのはこれまでいろいろ読んできましたが、これはそのなかでも十指にはいる傑作だとわたしは思うのです。

たとえば大西巨人の第一作に近い作品で『精神の氷点』という作品があります。あの作品の主人公も女性との交渉が不倫など問題含みです。だが加納屋とちがうのは、性格的に意志堅固な上に非常に冷酷なニヒリストであることです。主人公に捨てられ、手紙を書いてよこす女性がいるのですが、この手紙も読者としては胸を打たれるような手紙なのですね。しかしその切々たる手紙を読んだ主人公はちがいます。煙草をつけたその火で手紙を燃やしてしまう。この酷薄さは加納屋とはまったくちがう。けれどもその酷薄な行為があってこそ、読者の心に手紙の印象が鮮明に刻まれるわけですね。

B　それとは反対に、おはんからのこういう手紙をもらった男は生涯もうどうしようもないんじゃないかと思う。復讐などというまがまがしい方法を使わずに、自分というものが加納屋のなかに存在し続ける。そしてわたしのことは案じて下さいますな、とまで言っている。とてもかなわないと思いましたね。男はまったくかなわないと思います。男に出来ることは、戦争へ行って殺したり殺されたりすることですよ。そこへゆくと、おはんは誰も殺していない。誰も恨まない。最愛の子供を失ったけれども、われわれ二人のあいだの切なさを子供の死が拭《ぬぐ》うてくれたのかもしれません、というように考える女性なんですね。

わたしは仏性、仏、神、女神などということをあんまり言いたくないのですが、それでももし誰か他人がおはんについてそのように言うならば、そのおっしゃることは分かりますと言いたい気さえもしますね。

D　このような女性を芥川龍之介も書いていますね。『奉教人の死』あるいは『蜜柑』などの作品にはその気配があるように思います。

『蜜柑』に出て来る語り手は、日常どんよりと梅雨ぞらのような気持ちで生きている男ですよね。それがたまたま一等車に座っていたら三等車の切符を持った女の子が大きな荷物を持ってきて目の前にドカっと座る。そして窓を開ける。むかしの列車だから煙がはいってきてしまう。早く閉めろと主人公が言おうと思った次の瞬間です。女の子が懐《ふところ》から蜜柑を数個取り出して窓の外へ向かってバラバラと投げる。見ると窓の外に男の子が二人立っていて、こちらに向かってしきりに手を振っている。あの瞬間の感動というのはたまらないですね。

そして、このおはんの自立性はどうでしょう。一粒種《ひとつぶだね》の息子が生きがいという女性ともちがいますね。一人で生きていける、なにをしても自分一人の身過ぎ世過ぎくらい出来るから案じて下さいますなと手紙で言っている。孤独にも耐えることが出来る。女から見ても、もう、かないませんね。

司会　Iさん、ここらでなにかご意見を。

I（七十代男性）　ではちょっと別の角度から話したいと思います。ぼくが好きな作家に里見弴《さとみとん》という人がいて、まごころ主義を終始貫いた人ですが、この人が「まごころ合理主義」というので、妻は妻、愛人は愛人をまごころで愛したらそれはそれで幸せなんだという、非常に合理主義ですよね。

それに比べたらこの作品の加納屋をダメだと言うけれど、一夫一婦制からはみ出すことへの葛藤、どちらも愛しているんだからいいじゃないかというふうには思えない苦しみ、そこに人間としてまっとうに生きなきゃという思いも、あるいは父親としての子供に対する愛も感じられますよね。合理主義ではないからこそ、いろんなことを不安に感じる。

戦前まではおおかたそのようにして男も女も生きて来たと思うんですよね。本妻は本妻、妾《めかけ》は妾、それのなにがいけないのか。それが男の甲斐性であるみたいなことで、ここではもっと裸になって、いいかたちではなくともほんとうに愛している。そういうことを踏まえて考えると、ぼくはこの作品にはとてもラジカルな問いかけが含まれているような気がしますね。

司会　里見弴のその言葉はなんに書いてあるんですか？

Ｉ　実践というか、いかにも「白樺」的な感じ、そういうものを実践するということで、作品としてではないと思います。

Ａ　アルベール・カミュがドン・ファン論を書いていて、ドン・ファンとカザノヴァはちがうと言っていますね。カザノヴァは女性と数多く交渉を持つ男だが、ドン・ファンは一人の女性に惚れるのだが同時に他の女性にも惚れる。だがそれは果たして可能かという問題をカミュは論じているのです。カザノヴァにならないドン・ファンというのは複数の女性を同時に同じように愛することが出来るかという問題を提起している。里見弴のまごころ合理主義というのはそれに近いものですか？

Ｉ　そのようなものではなくて、ただ男の好色性というものを、どちらも幸せにすればなにも問題はないじゃないかというような考え方、二人に真心を尽くせばそれはそれで妻だ、妾だということを超えているんだみたいな考え方。なぜ男と女が一夫一婦制で暮らさなければいけないのか、それというのは当たり前のことなのだけれども、なかなかそれを肯定出来ないというようなことを言っているという気がぼくにはしましたけどね。

A　成瀬巳喜男という映画監督がいますが、かれが描く映画はどれもこれもこの加納屋みたいな男が出て来るのです。成瀬巳喜男とか里見弴などを念頭に置くと、さきほどわたしは戦後ということを考えるきっかけとして深沢七郎、宇野千代というような作家を挙げたのですが、そうするとかならずしも戦後で区切る必要はないことになりますね。これが漱石だったら倫理観のほうが先に出てくるでしょうね。

I　戦前も戦後もそうですけど、いわゆる三角関係のいろんな作品がありますよね。近代で言うなら『こころ』『それから』もそうですが、男女の愛情というものは一対一がいちばんいいのだけれども、それでは小説にならない。文学における作品というのは、男と女の問題はかならず三角のかたちでずっと来ているのではないですか。

司会　でも源氏物語などは三角形どころではないですよね（笑い）。ところで、女性の方々、いまのIさんのご発言に対してはいかがでしょうか？

D　うかがっていて、一夫一婦というのはどんな世界でもどんな時代がこようとも、やっぱり大切なものではないのかなとわたしなどは思いますね。一夫一婦がなぜ人間にとってとても大切なことなのかということを突き詰めて考えているわけではありませんが、でもわたしは夏目漱石の『こころ』の倫理観に引かれていたのです。『おはん』を読む前はね。でも読んでもやはり根本のところは変わりませんね。

司会　Jさんはいかがですか。

J（六十代女性）　作品から離れたところでの発言にはなりますけど、一夫一婦制は戦後までの長い歴史をかけて女性が勝ち取った大きな力だとわたしは思っています。日本の古典には女性が男尊女卑のもとでいかに嘆き、悲しんできたかという文学もあるわけです。近代になって一夫一婦制が確立した。そうではあるのだけれども、そこからまた、それを守るのが単純なことではなくて、どうしても葛藤を避けられない。その葛藤に向き合おうとするのが文学や芸術であって、どっちも愛せばいいんだよというような、里見弴という作家のような一見合理的な男性本位の理屈に比べたら、延々と葛藤し続けるほうがまだ人間として良心的なあり方ではないかと思いますね。

Ａ　漱石の場合は、一人の女性がたまたま友人の妻で、この友人との友情を重んずると同時に、彼女に対する愛情も深まっていって、結局のところいわゆる不倫になる。それを小説の中核に置いているわけですね。このとき描かれているのは三人の三角関係なのか、それとも人間の倫理というものを突きつめようという漱石の近代作家としての問題意識なのか。そこは読み方によってちがってくるだろうと思いますが、里見弴のような観点からすると、漱石とはまったくすれちがってしまいますね。なんの葛藤もないわけでしょう。里見弴の場合は近代と向き合っていないのです。漱石は近代というものとまっこうからぶつかっている。

近代というのは個々の人間の人格を尊重するという発想に立っているわけです。ですから、そこでヨーロッパでも一夫一婦制というものが確立して来る。そこにはもちろん女性の運動もあったわけです。ヴィクトリア朝時代には日本で言う二号、三号さんのような女性が社会の制度として当然いたのです。フランスでも革命前であったらバルザックが描いているように女性は女性で男性の恋人を持っていた。ですから夫婦は別室です。ブルジョア生活がそれを許容しますからね。そのように遡《さかのぼ》ってゆくと、中世の騎士道の宮廷恋愛などは国王や公爵、侯爵といった貴族の夫人に惚れるということがれっきとした文化でもあった。アーサー王伝説が顕著な例ですね。

そこへゆくと漱石の場合がちがうのは、惚れるべきでない人に惚れてしまった、という個人の葛藤です。伝統的な文化や制度ではない。近代の個人主義から来る深刻な人間的葛藤です。ところが『おはん』では、個人主義が出てきていないのです。これはその点で作者が意識的にそのように設定して書いているからだと思いますね。

司会　お金も持っていないし、家も貧しいというか、最後は家を借りますけれど、旦那がいてとかという世界ではないですよね。

A　ひと言で言えばヒモですね。没落した家の倅でしょう。そこでまずどうしようもない。身上をつぶしちゃっているんですから。こんな甲斐性のない男なのにおはんに惚れられ、おかよに惚れられ、とこれはフィクションですよ（笑い）。

司会　でも、実際にもあるかもしれないですよ。加納屋の決断の仕方は確かに合理主義的ではないし、不可解なところもありますけどね。

A　決断の仕方と言うけど、かれは決断しないわけでしょう。

司会　その決断しないところがすごいなってぼくは思ったんです。

A　決断しないということを選択しているならばそれは決断ですよ。この人は自分で自分を不可解だと思っている。そこにかれの駄目ではあるけれども正直さがある。近代のわれわれの感覚からすればこいつは駄目なやつですけれどもね。

司会　Kさん、まだ全然発言されていませんね。

K（七十代男性）　なんか、こういう男性はいつの時代にもけっこういるんだよなぁ、って思いながらずうっと議論を聞いていました。

A　いますね、確かに。事実としてわたしなどは自分のなかにこのような煮え切らない要素があるんです。そういう要素に対して自分で嫌悪感がある。だから、決断出来るキャラクターに惚れるんでしょうね。さっきも言ったジュリアン・ソレルとかね。

K　女性もこういう男性は意外に好きなんじゃないですか。すごく優しくてマメですよね。いばっていてマメじゃない男はもてないと思います。だからこの加納屋はもてるんだろうなという気がしますね。おはんから来た手紙でも、もしそれが夫をなじるような手紙だったら、そう遠くないうちにおはんのことを忘れてしまうでしょう。けれども、おはんの手紙は、別れてゆくけれども一生自分を忘れさせないでしょう。そこがすごいなと感じました。

C　わたしは、このような男の気持ちも分かりますが、おはんのような感じもよく分かります。ある意味ではおはん的なところもないわけでもないという気がするんです、

司会　ご自分のなかにということですか？

C　はい。おはん的な要素は社会生活のなかでもかなり忍耐力があるほうですし、それでこの手紙はこの小説のクライマックスですし、感動的なものであることは分かっているのですが、これが逆の立場にいても、たぶんこのような手紙を必然的に書くようになるのではないかなと思うのです。ですからこの手紙そのものはそんなに稀有なものではないような気がするんです。おはんのような性格からすれば、ごく自然な気持ちで綴った手紙だろうと感じました。

おはん的な要素というのも、わたしには自分の母親を思ったりするとき、特別珍しい存在ではないような気がするんです。そのような意味できょうの議論を聞いていても、おはんの生き方は素晴らしいとは思うのですが、わたしはやはりそれほど強い感動は覚えなかったというのが実感ですね。

D　ええ！　とっても稀有じゃないですか？

E　いや、ぼくもCさんと同じように思いますよ。おはんのこの手紙のなかの一つ一つの文章はとても納得がいくんです。たとえば自分の分までおかよさんをいとしがってやって下さいというのはいい子ぶって言っているのではなくて、おはんの心からの気持ちだと思う。手紙の最初のほうの、思えばこのわたしほど仕合せな者はないというくだりですね、あそこにしても、密会をしてとても愛《いと》しいと思われて仕合せでしたと思うのは当然だろうと思うんです。

なぜならば、七年間加納屋はおかよさんのもとにいたわけですよね。おかよさんの側からしたらいわば既得権のようなものでしょう。加納屋と仲よくしているわけだから、法的にはおはんは妻かもしれないけれども、幸せな生活を送っている夫とおかよ二人のあいだに自分が出て行って、密会をするということは申しわけがないと思っているんですよね。おはんのその気持ち、ぼくは分かるんですよ。自分が妻だということを主張すれば、二人のあいだをこわしてしまうことになるという感情から、でも自分は夫が好きだから、七年たっていても会ってくれて愛してくれたことはとても仕合せでしたというのは、おはんのじつに率直な気持ちだと思いますよ。

ですから、一つ一つの文章は納得がいきます。そして一人息子だった悟が死んでしまって、両親の切ない心を拭うてしもてくれたのやと思って、こんどこそ夫のもとから離れてゆくわけでしょう。

おはんは悟がてでなし子で可哀相な存在だから三人で暮したいと思っていたのです。しかしおかよから加納屋を取り上げてしまうということはしたくなかったわけです。だから家を借りることをおかよが承諾したのかどうかを気にしたのは、むしろ悟のためだったわけです。悟と一緒に三人で住めるということはおはんにはとても大事なことで、そのためにおかよに承諾をしてもらえたということはとても嬉しいことだった。しかしその悟が死んでしまったのだから、悟のためにという理由はなくなってしまう。もう自分はおかよと加納屋の状況から離れてさえいけば二人は幸せになれる、というように考えたと解釈すると、この手紙というのは一つ一つ納得がいくんですよ。

おはんという人はそういう生き方、幸せ観、価値観を持っていた。それはおかよとはまったくちがう価値観です。加納屋をおかよと取り合って争うなどということはおはんにとって自分の生き方からはまったく外れているわけです。自分が去っていくことには切ない気持ちはあるのだけれども、それがこの関係の解決という意味では非常に納得出来る考え方、生き方だというように思っていて、自分だけが損をして、不幸せな状況で去っていくのではない、そのようにおはんは思ったと思うんです。

C　ぼくも同感ですね。ですからこの手紙はある意味では必然的に書かれたものであって、ぼくも同じような状況になったらこういう手紙が書けるのではないかと思うと言ったのはそのあたりが理由なんです。

D　お二人に対して異論ではないんですけど、納得出来るとか、必然的にこうなるだろうというのは、文章的に言葉として出てはいないおはんの心の葛藤が読み取れていないからではないかしら。

そんなにサラっとした慈母のような寛容な気持ちというのはちょっとあり得ないのではないでしょうかね。作者の宇野千代さんもすごく葛藤や苦悶があったと思うのですが、おはんは最初からこのような手紙を書く立派な女ではなかったと思うんです。そこまでのあいだには、おはん自身の内心に血みどろの格闘があって、そのなかから自分がどう生きればいいかを手で探るように探ってきたのではないかと思うんです。

ですからこの手紙も頭でよく分かる文章という以上のものとして受け止めたい、とわたしなどは思いますけれどね。自分が心から愛した男性を、愛というのはある面では独占欲を伴うものですから、そう簡単にこんなにあっさりとはいかないと思うんです。それがおはんをこのように強く、毅然と歩かせる人生は、やはり宇野千代さんの人生を根柢で守っていたものと同じだろうと思うんです。

C　そういう葛藤があることはもちろんのことだと思うので否定はしません。おっしゃるとおりだと思います。

D　自分の親の世代の人のなかにおはんのような人がいっぱいいたというのは、現象的にはいたと思いますが、おはんのように生き抜いていくという女性は、それほどたくさんいたとまではわたしには思えないですね。

F　わたしもおはんは慈母でも女神でもないと思いますよ。ただ、葛藤をおもてに出さないだけでね。おはんも苦しいの。だけど、だからといって人の不幸を土台にしてまで自分が幸せになるなんてことは出来ない。そういう女性なの。

E　おはんの生き方、幸せ観を知るのには、おかよの生き方、幸せとはどういうものかということとの対照が必要だと思うんです。おかよは、人の亭主だろうが奪ってはばからないばかりか、奪ったものを守ろうとする。生活力があって、金を貯めて、好きな男と毎日の生活を楽しくすることが彼女に幸福感をもたらしている。

そうではないものとして、おはんが対照的に出されているのではないか。損得、利害関係、金のあるなし、というようなものの上に立つ幸せとは対照的な生き方があるということを、おはんが示している。このように考えると、おはんの生き方、考え方というのがもっとよく分かるような気がするんですけどね。

六　だめ男の魅力

H　そもそもこの加納屋というのは、なにも取り柄のない優柔不断な男だけど、唯一の取り柄は、女に優しさを与えることが出来る男だったということではないかと思いますね。

おはんにしても、始終夫に会えるわけではないけれど、会っている時間は濃密な時間が持てたと自分では思っている。一緒にいると充実感を感じることが出来る。そういうふうに相手に感じさせるような男もいるわけですね。いわゆるダメ男のそういう魅力というものを、作者は加納屋を通じて書いているのかもしれないわね。

C　ついでに言いますと、首くくりの松のところで加納屋が足を滑らせて、ア、まだ生きていたかという、ちょっと恐いところもありますね。こういうくだりを読むと、この加納屋というのはいままで言われてきたようになんの生活の糧もない人間なんだけれども、思わずドキッとしたとか、背筋がブルっとしたとかいうところに、逆に、破局に向かっているんだけれど、同時にむしろ、そこに生きがいを感じる人なのかなとも思っちゃうんですね。

F　いま、話を聞いていると、ゾッとするとかいう話はあるけれど、少なくともおはんとの生活、おかよとの生活をのほほんと楽しんでいるだけという雰囲気でもありませんよね。

司会　加納屋がですか。うん、なるほど、そう言えばそうですね。

D　宇野千代さんは、男の心の迷いというかたちを表現していますね。

H　楽しんではいないけど、両方のあいだをうろうろしてなんにも決定出来ない男、でもなんとなく間に合わせちゃうようなところがあるわけですよ。おはんのところへ行ったらおかよのことを思い、おかよのところにいればおはんのことを思う、みたいなね。それも魅力のうちかしらね。

C　取り柄のまったくなさそうな人間でも、それなりの取り柄ってありますよ（笑い）。

司会　それはもうオチですね（笑い）。でも悟がもしかしたら事故に合うかもしれないという夜にさっさと帰ってしまいますね。そういうところの心理というのはどうなんでしょう。

K　加納屋も父性愛だけじゃないし、おはんも母性愛だけじゃないから、そういうエゴがあってもそれはそれで人間臭くていいんじゃないですか。そうでないとするとちょっとね、物足りなくなっちゃいますよ。

F　けっして加納屋を強く恨んではいないけれども、とても優柔不断なんだけれども、自分の思いが半端じゃないっていう気がするね。やっぱり中途半端がいちばんいけないいんじゃないかな。そうではなくて貫き通すというものがあるんじゃないですか。

司会　加納屋に？　それはなんですか？　不甲斐なさを貫く？

C　不甲斐なさを持ってずっと生き続けるのが加納屋の強みか。そうだとすると、それはそれで確かにかなり本人の忍耐力がいるよね。

I　男ってまず面子《メンツ》がある。それから男らしさ、権力欲、名誉欲、それらがこの男にはなんにもないでしょう。普通だったら落ちぶれたお家《いえ》を再興するんだけれども、誰が見てもなにも感じていないようですね。でもそのようにして、この男はここまで女性のなかで平気でいられるんです。たいしたものじゃないですか。

K　しかし、こういう生き方って案外出来そうですよ（笑い）。

C　いやあ、なかなか出来ない。おはんのような生き方のほうがまだ出来る。

Ａ　この加納屋にただの優柔不断とはちがうなにかがあると言われたので、わたしは思うのですが、もしそのなにかがあるのならこういう生き方は出来ない。なにもないほんとうに優柔不断なやつはザラにいますよ。これはフィクションとして描かれている加納屋ですからね、この加納屋にわたしの分身があると作者が言ったその分身は、否定的な意味で加納屋をただ反映させたというだけだったらつまらない男でしょう。

わたしは学生時代に読んだときもこの小説に感動したのは、この加納屋という男は自分とタイプがちがうし、こんなふうには生きたくもない。でもやっぱり自分のなかに要素としてある。でも自分には出来ない。したたかさというのともちがう。わたしも一瞬、ああ、バレなくてよかったと思うような時と場合があるにはあります。でもこの加納屋ほどしょっちゅうということはない。これって一つのしたたかな感覚じゃないですか。一貫した感覚があるのであって、行き当たりばったりに居直っているわけではない。加納屋という男に身についたものですね。といっても、かれは本質的に主体的に動くなにかをちゃんと持っていたとまでは言えない。

その加納屋がたった一つ自己主張する。悟の葬式の場面ですね。あそこはすごい。この小説の最も秀逸なくだりと言ってもいいとわたしは思います。どんどん家にはいって行って、「おはん、おはん」と大声で言う場面です。周りから袋叩きにされてしまうわけですけれどもね。

あそこだけはいきいきと加納屋が人間として際立っていますね。

司会　ええと、そろそろ時間になりましたので、ここいらで。それではみなさん、きょうも面白い討論となりました。どうもありがとうございました（拍手）。

宇野千代略歴

宇野千代は一八九七年、山口県生まれ。着物デザイナーとしても知られる。代表作は他に『色ざんげ』『薄墨の桜』などがある。九六年没。九十八歳。

参考文献

宇野千代『おはん』（新潮文庫）

第5章

未完の情熱に生きる

——松本清張作『或る「小倉日記」伝』

作品紹介

九州小倉に暮らす主人公・田上耕作は生まれつきからだに障害があり、しゃべることもままならぬため、周囲の者の目には奇異に映るのだったが、頭脳は明晰であった。父親は早世したため母親と二人暮らしであった。かれが不自由なからだで情熱を傾ける一つの仕事があった。森鷗外が小倉に赴任していた当時つけていた日記が行方不明と知って、当時の鷗外の日常をなんとか復元し、鷗外研究に貢献することであった。

鷗外の交遊、立ち回り先などを、当時の関係者に会ってまとめるのだが、からだのハンディキャップのため思うようにはいかない。好意的な友人たちもいたが、誰よりも主人公を気遣うのは母親であった。遠方まで出かけて悄然《しょうぜん》と手ぶらで帰ってくる息子に付き添い、改めて取材と調査のために息子に同行することも珍しくなかった。

この母は気だても器量もよかったので縁談もあったがすべて断り、手鍋《てなべ》仕事で生計をやりくりしながら息子の唯一の情熱を支え続けた。

しかし仕事がまだ終わりを見ないうちに不幸にして主人公は病に倒れる。長らく所在の知れなかった小倉日記が発見されたのは主人公の死後のことであった。

『或る「小倉日記」伝』は一九五三年、芥川賞受賞作。

一　芥川賞受賞までのいきさつ

司会　きょうは松本清張作『或る「小倉日記」伝』です。最初にAさんに作者について話をしていただいて、その後討論にはいりたいと思いますのでよろしくお願いします。

A（講師）　申し上げるまでもなく、松本清張は日本の戦後の社会派ミステリー小説の代表的作家ですから、だれ知らぬ者もないと言っていいでしょう。たくさんのベストセラー、ミステリーを発表し続けて、八十二歳で癌のため病没するまで健筆を振るい続けた作家ですね。その仕事の内容の全貌はわたしもいまだフォローが出来ていませんが、それと申しますのも文藝春秋版の全集で六十六巻もあるのです。そのなかの約半分の三十数巻に当たる作品はこれまでなんとか読んでまいりましたが、全集は一期、二期、三期と発表の節目がありまして、第一期で三十八巻出ました。この三十八巻が出たときに、多くの読者から、これで全集が終わるのはまことに惜しい、これは清張の著作の三分の一に過ぎないから出版社ががんばって残りの著作も全集に組み入れてほしいという多数の投書が文藝春秋にあったそうです。

本来百巻にまでおよぶ分量だった著作を六十六巻にしたのは、松本清張自身の意向によったものと聞いています。百巻にもなろうかという著作がありながら、そのうちから読者に提供出来るものは六十六巻だけであるという強い意向を出版社に伝えている。清張ほどのポピュラーな作家であれば、百巻出版しようと思えば可能なことだったたと思いますがそうしなかった。そのあたりに松本清張の見識というものを感じるのですね。

純然たる推理小説、考古的なもの、歴史もの、あるいは政治ものといったさまざまな分野に跨《また》がって六十六巻というのは、俗な言葉で言えばまさに壮観ですね。ある歴史家が清張の全集第二十二巻に解説を書いているのですが、そのなかで次のようなことを述べているのがわたしの印象に残っています。

「松本清張は、吉川英治、司馬遼太郎あるいは大佛次郎よりもより長く歴史に残るであろう。なぜならそれは彼の作物が絶対繰り返しの効かぬ戦後日本の歴史的現実と民衆の内部の様々な情念の襞にガッチリと噛み込んでいるからだ。」

まことに同感を禁じ得ない。わたしも学生時代ずいぶん清張の著作を愛読したほうではないかと思いますが、清張は一般には戦後社会派ミステリーの巨匠とされています。だがまた古代史、ひるがえって昭和史の発掘といったノンフィクションの分野でも、非常に多岐にわたる関心領域を精力的に跋渉《ばっしょう》して膨大な著作を残した。

きょうここでみなさんと語り合いたいと考えて取り上げました『或る「小倉日記」伝』という短編小説ですが、取り上げることにした理由として、松本清張が文壇に出るための登竜門である芥川賞を受賞した作品であるというのが一つ、この芥川賞受賞に伴って興味深い象徴的なエピソードがあったのが一つ、そして個人的にわたしがこの作品がとても好きであるということが一つあります。

エピソードというのはこういうことです。松本清張は当時四十代になったばかりでした。朝日新聞社の雇員で新聞記者にはなれませんでしたが、社員として九州小倉で生活をしていて、そのあいだ小説を書いて雑誌に投稿していたのです。

『或る「小倉日記」伝』は一九五二年の直木賞候補作になった。ところが選考委員会ではこれが外された。そのときの受賞作は立野信之という作家の二・二六事件を扱った『叛乱』という作品に決まりました。選に漏れたということはすぐに本人に伝わってガッカリしたわけですが、本人が知らないあいだにこんどは芥川賞選考委員会に回された。そこで受賞が決定したのです。

というわけで、このときの受賞作は直木賞が立野信之の『叛乱』、芥川賞は松本清張の『或る「小倉日記」伝』ともう一人、五味康祐《ごみこうすけ》が『喪神』という小説で受賞しました。

芥川賞を受賞したことに清張が驚いていると、先輩作家の火野葦平から手紙が来た。きみはこれから芥川賞作家として書くのだが、芥川賞に殺されず好きなことを好きなようにぞんぶんに書け、と激励されたそうです。

こうして四十歳過ぎてから八十二歳で病没するまでの四十年間、じつに精力的に書きまくった。最盛期には、週刊誌、月刊誌の連載を同時に十本抱えていたこともあるそうです。これらのことは最後まで清張の専属当番編集者となった文藝春秋の藤井康栄という女性編集者が、清張没後十年を記念して書いた『松本清張の残像』という本のなかで詳しく述べています。

連載を同時に十本も抱えている作家は取材旅行など出来ないわけです。そこで藤井さんが編集者として日本各地に取材旅行し、取材先で集めた資料を自分で読んだあと、それをまとめてメモ書きにして、速達で清張のところに送った。受け取った作家はあらかじめ漠としたイメージがあったのをその資料によって肉づけし、しっかりとした作品に仕上げて連載を続けた。したがって事実上作家の女房役を、この藤井さんが清張晩年にいたるまで続けたことになるわけです。

冒頭わたしが引用した歴史家が、清張の書いたものは絶対繰り返しのきかない戦後日本の歴史的現実と、日本の戦後民衆の内面のさまざまな情念の襞《ひだ》をガッチリと捉えたのだと述べた言葉は、松本清張の著作の核心を衝《つ》いたものだろうと思うわけですが、そのうえでなおかつ考えてみたいのは、松本清張が直木賞ではなく芥川賞を受賞したことの意味ですね。

いまでこそ中間文学に与えられる直木賞と純文学に与えられる芥川賞の範疇、ジャンルは出版メディアの意図的な戦略によって曖昧にされている感がありますが、昭和二十七年当時は純文学と中間文学との差は歴然たるものがあったはずです。にもかかわらず清張が芥川賞で受賞したことを考えてみるのは興味深いのではないか。象徴的だったとわたしが言うのもその点に関わるのです。

その後の松本清張の仕事が日本の戦後読者の心をあれほどに捉えることが出来たのは、ストーリー・テリングの卓越した技量があったからであると言って過言ではない。その技量が多岐にわたる分野に発揮されて、たとえば晩年近くになると、文庫本で九冊に及ぶ『昭和史発掘』を連載するのですが、そのうちおよそ半分を占めるのは二・二六事件を扱ったものです。これにあらゆる情熱を打ち込んだ。編集部のほうでもそれを是として著者にぞんぶんに書かせたのでした。

清張がそれほどまでに二・二六事件に打ち込んだのは、第二次大戦つまり日本のファシズムとそのファシズムの崩壊、惨憺たる戦争の現実、その後にやって来たアメリカの占領、民主主義の導入、そして現在にいたる戦後日本の原点というものを昭和史に限定してみた場合、二・二六事件というものを外すことが出来ないという確信が著者にあったからでした。

藤井編集者と松本清張とが共同作業をするようにしてあらんかぎりの資料を集め、また存命であった当時の生き証人たちに連絡をとり、その聞き書きをもとに、それまで歴史家も作家のだれも出来なかった二・二六事件の解明に全力を傾けたわけです。

そしてその作品は学者や歴史家の書くようなむずかしい論文のスタイルを取っていない。歴史を扱ったノンフィクションでありながら、それがあくまで大衆の文学であるというためには、まさにこのような文体で書く必要があるのだということを身をもって示すような、通俗に走るのではないけれども、非常に読みやすい、またはらはらするようなサスペンスと謎解きとミステリーとに満ち満ちた魅力的な文体で書かれています。

二 実名小説

A さて、『或る「小倉日記」伝』ですが、これは実在した人物が主人公のモデルになっている。ここに登場する身体にハンディを負った青年は実在した人物で、この人物と作者である松本清張はなんどか出会ってもいるのです。

当時小倉は柳田国男の民俗学が歓迎されていた。小倉にかぎらず、民俗学ブームというものが日本いたるところに行きわたっていた時代です。各地の郷土史家、あるいは郷土史を志す人々が、民俗学の資料採集の方法を柳田国男から教えを受け、それにしたがって自分たちの郷土の埋もれた歴史を掘り起こすことに熱心に取り組んでいた。

この小倉の同じ民俗学の同人グループのなかに、松本清張とともにこの小説の主人公の田上耕作さんもおられたのです。この人も民俗学の方法を使って足で歩いて現地で資料を採集するわけです。小説ではフィクションですから、小説を書くうえで実際の資料探訪をおこなったのは作家本人です。

　小倉時代の森鷗外赴任当時の三年間の動静を記した日記が行方不明になり、この青年は自分の足で郷里をくまなく歩いて鷗外先生が出逢った人々や事跡を丹念に調べてまとめ上げたら、鷗外研究に資するところがあるのではないかと考えた。それで調査の資料的な価値に関する問い合わせを、鷗外研究家として名高い東京のK・Mにした。すると、それは意義のあることだという励ましの返事がきた。これは木下杢太郎《きのしたもくたろう》のことと思われますが、事実鷗外の高弟の一人なんですね。主人公はハンディにめげず自分のライフワークとしようとしたが、志半ばで病気のために帰らぬ人になってしまった、というのがあらすじですね。

　松本清張はこれを一編のフィクションとして書いた。実名で登場するにもかかわらずフィクションとして書いた実名小説です。われわれはこれをあくまでノンフィクションではなくフィクションとして読んで、この小説をどう考えるかをここで語り合ったらいいのではないかと思います。長くなりましたが、またおいおい思いついたことを述べることにいたします。

司会　ありがとうございました。ということでみなさん、読んでこられたと思いますので、質問からでもけっこうですからどうぞご発言ください。

三　ものを見通す目、人生を見つめる目

B（五十代女性）　わたしはノンフィクションと思って読んでいたので、いまフィクションと言われたのが意外だったのです。主人公の田上耕作が調べて記録してゆくという話を、松本清張がそのことを自分でも調べて書いたのがすごいと思っていました。てっきりノンフィクションだとばかり思っていたのです。だからいまお話をうかがって、これがフィクションというのは意外でした。

A　いまのご指摘は微妙なところですね。二・二六事件をあつかった『昭和史発掘』もそうなのですが、あれはノンフィクションとジャンル分けされていますが、読んでいくと、書き方はかなりフィクションに近い。つまり歴史家の厳密な研究態度からすれば、清張を歴史家としては見ようとしないわけです。

C（六十代男性）　松本清張はあくまで歴史小説家であるということですね。ノンフィクションの場合でもそうですね。それがかえって一般読者にとっては非常な魅力にもなっているわけでしょう。

A　そうですね。この小説を書くにあたっても田上耕作がどのようなところへ出かけていってどのような生き証人たちとのやり取りがあったかは、すべて松本清張自身の調査と推測と想像にもとづいているでしょう。

C　非常に単純な感想なのですが、これを読んで二つのことを感じました。一つは文章が素晴らしい。シンプルで分かりやすく、上手さというものを感じました。そしてもう一点は、清張がこの小説の主人公である田上耕作に対して非常に温かい目をもって書いているということです。田上耕作のような身体的に障害を持った人間に対して救いの手が隠されている。人間的には江南、山田てる子、また母親のふじなどが出てきて、また取材するなかで壁に突き当たってもかならずだれかの温かい救いが現われるというように、非常に温かい作品だと感じました。

司会　なるほど。

C　松本清張の小説をどう読むかというときに、ほとんど同年くらいに書かれたものに『菊枕』という短編がありますね。これは実名ではありませんがやはりモデル小説で、モデルになった女性俳人は杉田久女ですね。

この『菊枕』も『或る「小倉日記」伝』も、松本清張自身の分身の投影と言えそうですね。清張自身は私小説がきらいで、若いころは芥川龍之介とか森鷗外、菊池寛を非常に愛読していますが、自然主義派のたとえば正宗白鳥のものなどは、なんでこんなものを書くのか、どこが面白いのか分からなかったと言っていますね。

A　清張自身が言っているように私小説を書く気はなかった。それはそうですが、モデル小説を書きながらそのモデルになった人々に興味があって書いているのか、それとも私小説がきらいな清張が、フィクションを媒介にして自分を語ることに情熱を持ったのか。そのあたりがこの小説をどう読むかという評価の一つの切り口になるかもしれません。

司会　きょうは西宮市から久々にご出席されているDさん、いかがですか。

D（四十代女性）　父親が清張を好きでよく読んでいて、わたしもそれを読んだりしていたのです。『火の道』という作品が好きでした。短編集はあまり読んだことがなくて、今回ここへ来る前に読んだのですが、どこまでが事実で、どこからがフィクションか、ほとんど分からないまま読んで、後書きを読んでからああそうかと思ったりしました。

作者が造形したこの田上耕作という人間に圧倒されたというか、そのことのほうがすごくて、フィクションでどこがフィクションでどこが事実そのままなのかという意識が抜けてしまって、フィクションとして書いたとしても結局実際がどこまでどうかということよりも、このようなハンディを負って生きることの困難さみたいなことがあったにもかかわらず、これほどなにかに集中するというその一途さですね。

逆に、生きることの困難さがなければ、ここまで自分の目ざすものを追いかけられただろうかとまで思ったりもして、読んでゆくうちに励ましを受けたというか、自分の状況と照らし合わせると、こういうちょっとしたきっかけをつかんで放さないというところに、かえって運までもが引き寄せられてゆくというこの力がすごいですね。

主人公が障害を持っているとか、バカにされたり看護婦さんに振られたこともすべてはね返していくような力があって、事実ほとんどフィクションなんでしょうが、この小説のなかでもこの田上という人にわたし自身が引っ張ってもらうような気がして、ほとんどありがたい気持ちで読んだんです。

Ｅ（三十代女性）　田上が絶望と期待のあいだを行き来しながら、最後は病気にかかって死んでゆくのですが、確かに普通の人間は平々凡々と漫然と生きている人が多いなかで、心躍らせるものを見つけられて集中出来たということでは、やはり田上の人生はしあわせだったのではないか。それは母親もそうですよね。つまらない男と再婚などせずに息子を一筋に見つめて、息子が生き生きしているということが彼女の生き甲斐にもなっている。息子に先立たれはしますが、彼女の一生も達成感があって、そこがいいなとわたしは思いました。

司会　Fさん、いかがですか。確か熱心な清張ファンとうかがいましたが。

F（六十代女性）　確かにわたしは中学生のころから清張をずいぶん読んできました。まだ物事がよく分かっていない思春期の女の子がどうして清張の作品に引きつけられるのかなと自分でも思ったくらいです。この小説を読んでも、田上耕作のことを書いているようでいて、じつは松本清張自身を書いているのかなという感じがして、とくに弱い人間が必死で生きている姿に対する優しさというものが清張のどこかにはある。

それから事件もので三鷹事件とかいろいろ書いてますよね。そのときの清張の視点というのが、わたしなんかまだ中学生ぐらいでなんでこんなに一生懸命やるのかなという感じで読むんだけど、読んでいて中学生なりに人間性というのが浮かび上がってきて、すごくぐさっときてしまう。同時にぐいと引きつけられる。だからずっとあとになっても忘れずにいられるんですね。

清張の作品のなかには人間の弱さとか、これは自分だって思わず犯してしまうんじゃないかという犯罪とか、そういうものがじつに分かりやすく描かれているし、そのなかに人間性も出ていて引きつけられますね。

藤井さんという編集者もそうだったんですけど、わたしの知っているある女性編集者のことも清張は気に入っていて、すごく可愛がっていたので清張番とか言われていたんです。その人の話ですが、自分がものを書きながらもほんとうの私生活というのがなくて、家族は談笑しながら食事をしているときでも、本人は食事する暇もなくて書斎に閉じこもって書いている。おれはいったいなんのために仕事をしているのか、というようなことを言っていたそうです。それを聞いて、ああ、流行作家というのはそういうものかなと思ったことがありました。

とにかく、わたしみたいにまだ中学生でなにも分かっていない人間が清張のものを読んで引きつけられて、やがてあとになってまた読み返すと、人間の機微、人間がちょっとズルをしたり、人間の弱さみたいなものを、じつに手に取るように書くそのうまさですね、表現力のあるなしとか言うけれども、小説というのはやっぱり人間の弱さを知っている人間じゃないと書けないと思うようになったんです。

ある面では非常に優れた人だし、ほんとうにストーリー・テラーですごいと思うんだけど、一面ではものを見通す目というのかな、戦後起きた大事件なんかも分析していますけど、ああいうのを読んでもやっぱり眼の付けどころがちがう。清張が書いているものだったら安心して読めるというところまで信頼感を読者に持たせてしまう。そこがまたすごいなと思うわけです。

司会　今回この『或る「小倉日記」伝』を読み直して、とくに新たな印象を受けられたところは？

F　田上という主人公は幸か不幸かと言ったら、わたしは人間として見ればとても幸せな人じゃなかったかと思うんですね。自分がいったん落ち込んでもまた這い上がってきて、もとのところにしがみ付こうとして死んでいくわけだから、そしてそれを分かってくれる友人もいたし、母親もいたし、そういう意味ではわけの分からない生き方をしながら生きる人間より、はるかに幸せな人間だったんじゃないかなという気がしましたね。

G（六十代男性）　みなさんの意見を聞いていて、こういうことなのかなと考えたことを言います。この小説に「何の意味があるのか」という言葉が何回か出てきますね。この「何の意味があるのか」というのはどういうことなのか、ぼくはよく分かりませんでした。

ずっと考えていて、それからみなさん方の意見を聞いて、自分なりに解釈したことは、人間はどう生きるのかということが清張論としてではなく、ぼく自身の受け止め方としては、ふつう生きるということは、いろいろな欲望に向かっていくことがエネルギーになっていくわけですよね。田上耕作自身も、やっていることが意味があるのかないのかということの問いかけというのは、やはり社会的に功績を認められることが意味のあることであるし、そうでないと意味がないというふうに考えながら調査をしていたのではないかと思えるのです。したがって日記があとで出てきてしまった場合には、その意味は半減するわけですね。調査の意味がなくなってしまうというようなことを布石としていくつか作者は言っていると思うんです。

たとえば木下杢太郎は「日記がないという状況の中で貴方のやっていることはとても意義がありますよ」と言っていますし、あるいは白川病院長が温泉を研究していて、田上に助手をさせるのですが、同じ研究テーマを別のだれかがやっているということが分かった時点で、自分の研究はもう意味がないと考えて研究意欲をなくしてしまう。

これらは物語の布石になっていると思うんです。要するに日記があとから出てきてしまうとその時点で探索に意味がないことになる。幸か不幸かということがさきほどから話題になっていますが、主人公が死んだあとで日記が出てきたということは、やはりそのようなところに作者も焦点を当てていたと思うんですよ。人間の生きる意味というか価値みたいなものは、もろもろの欲望によって動く。しかし田上耕作は鷗外の事跡を調査しながら、かれの立場としてなにを考えたか。あまりにも鷗外と自分自身の環境、条件の差がありすぎるということを思ったのではないか。

鷗外の環境は権力者ですよね。田上耕作は身体にハンディを負いながら頭脳は明晰であるということで調査をするわけですが、鷗外との条件の差というものに対して劣等感を持ちながら調査をしていただろうと思うのです。そのこと自体、社会的に認知されるとか、地位が高いとか、自分の業績が評価されるかしないかというところに生きる意味というのを持っているということで、そのような意味で文章のなかに出てきた「何の意味があるのか」ということは、ある種の欲望というものに価値観を置くような生き方から生ずる問いかけ、迷いなのではなかったのかという気がするのです。

そこへゆくと、母親であるふじという女性が息子のためだけに献身的に必死で生きる姿勢には感動しました。いちばん泣かせる文章は、息子と二人の旅先で、帰ったら山田てる子に息子の嫁になってくれるように頼むことを決意するところです。彼女はそのようにして自分の生きている意味、自分がいまなにをしなければならないかという自身の役割を見つけていた。それは耕作のためにかれを支え、かれが生きる意味を見いだせるように援助するということでした。

そこにふじは自身の生き方を見つけている。これはとても美しい。切ないけれど感動させられる生き方なのではないか。

生きるということはたんに、人間の持つもろもろの欲望の満足だけではないのではないか。自分の役割をきちんと見つけてそこを必死に生きる姿勢や態度というのは、これほど深い感動を与えるものなのだと思いました。ふじのこのような生き方こそが立派で美しいのだと思いました。意味があるとかないとかは金銭欲、権力欲なんていうものではなく、ふじのように自分の役割を知って必死に日々を生きるということであって、そこからもたらされる生きることのすごさというものをこの作品からぼくは感じました。

四　一つのことに打ち込む情熱

司会　では、Hさんにこんどはご発言をお願いしましょうか。

H（六十代女性）　さきほどのAさんの話に戻るのですが、主人公である田上耕作が不自由な足で歩いて血の出るような努力をしながらある程度集めた資料は、ここに書かれている様子でみると、これは清張が確かめているものだということは感じました。この文章は実際に歩いた人じゃないと書けないと思われるところがほとんどなので、やはり清張自身が歩いて集めた資料をもとにしていると思いました。しかし田上耕作が実在した人物であるということを清張がどの程度知っていたのか、そのあたりのことをお聞きしたいと思っていました。

Ａ　いやあ、どの程度かというところまではわたしもつまびらかにしないのですが……。

Ｈ　それからフィクションの問題ですが、清張が『日本の黒い霧』のあとがきで、おおよそ次のようなことを言っていますね。つまり、自分はフィクションで小説を書くけれども、読者は実際のデータとフィクションとの区別がつかなくなってしまう。なまじフィクションを入れることによって客観的な事実が混同され真実が歪められるのである。それよりも調べた材料をそのまま生で並べ、この資料の上に立ってわたしの考え方を述べたほうが、小説などの形式よりはるかに読者に直接的な影響を与えると思った。材料はバラバラで全部つながってはいないので、これはどの歴史家もやっていることだが、歴史家というのは事実そのものを書くとはいえ、歴史家が自分の眼で真実はこうでこういうふうにつながっているのだろうということがなければ、現実の歴史を書けないので、その方法を自分も使って書いたと言っています。

このあとがきは、『或る「小倉日記」伝』よりもあとで書かれたものですが、もともと松本清張には実際の資料とその資料をどのように使うかというところで、実際に自分の足で歩いて書いているというような気がわたしは最初からしていました。

今回『或る「小倉日記」伝』を読んで感動したのは、さきほどからなんども話題に出ているように、田上耕作がたいへんな努力をして集めた資料を、ノートにまとめたあとで実際の『小倉日記』が発見された事実をかれ自身が知らずに死んだことは、かれにとって不幸か幸福か分からないと書かれているところだったのです。それは、実際にある歴史とも言えないある事実というのは、このようなことがたくさんあるだろうなと思われることを小説のなかで書いたということ、フィクションであっても実際にあり得る話として書かれているということなのです。

司会　感動なさったというところをもう少し簡略にお話しいただけませんか。田上耕作は鷗外研究にこれが役立つかどうか問い合わせて、意義のあることだと言われてそこに生き甲斐を見いだして情熱を注ぐわけですよね。それに母親が献身的に協力しますね。ところがその努力が結果的には日記が出てきたため研究のうえでは水泡に帰したことになるわけです。日記がなければ田上の努力は資料として役に立ったかもしれなかったのが、結局完成を見る前に本人は死んでしまったために、あとから日記が出てきたということは知らないわけです。

果たしてそれはかれにとって幸せであったのか、不幸なことであったのか、それは分からない、という表現で作者はどちらであるかを断定していないわけですね。そうした清張の眼差し、曖昧な結末にしたということ、そういう作家の処理に感動したとおっしゃっているのか、それともどこかちがうところに感動なさったのか。

G　途中から割ってはいるようでなんですが、いまのことについてぼくなりにHさんの言われるところを理解したことを言います。Hさんのお話は学識のある人あるいは有名な人がいろいろ調査して実績を残すということばかりではなく、無名の一般の市民がこつこつと調査して、しかし結局は徒労に終わるようなことなのだが、松本清張の小説というのは、普通の人がもろもろの環境に置かれてすごいことをしてしまうということでしょう。

つまり、無名の人が、実際には歴史的になにも功績として残らないようなことだが、意義のあることをするということが書かれているわけで、そういうところにHさんも感動したと言われているという気がしました。

H　だいたいそういうことです。言いたいことはあるんですけど、なかなか表現がうまく出来なくて。

A　いまGさんは、Hさんのおっしゃったことをご自分なりに受け取って、Hさんの感動の在りかを語られたわけですね。Gさんにお聞きしたいのですが、松本清張の書く小説に出てくる人物は、全部ではないがいわゆる普通の人間、あるいは無名の人だ、とおっしゃった。しかしよく見るとこの田上耕作は非凡な男じゃないですか？　無名で終わった不遇の一生だったが、子供のときからハンディはあってもずば抜けた能力を持っていた。そしてそれが母親にとってはうれしかった、と言っていますね。

ですから田上は自分のハンディにもかかわらず、自分の情熱をどこに注ぐか、その対象を求めて青年時代を生きて来たが、小倉で過ごした時分の鷗外の日記が行方が分からなくなっていることを知って、それを調査することを思い立った。平凡な人間がそのようなことに情熱を持つことはまずないと思います。

松本清張がどこに関心を置いているかというと、在野の無名の人々がどのような意義あることをしたかに目を注いでいるだけではない。情熱を持ち続けるという点をいちばん重んじている。情熱を持てない人と持てる人との清張の区別は厳然たるものですよ。

G　それで、なにかぼくに？

A　いや、わたしはその市井の無名の人間のうちに秘められた情熱に注目して、その情熱を文学的に掘り起こすことに作家の情熱をかたむけた清張に感動と感銘を受けるわけです。

G　情熱的な生き方をした人とそれを描いた作者に読む人は感動するというわけですね。

A　これは犯罪小説、刑事ものを読んでもはっきりしていますね。たとえば、捜査本部が解散してしまった事件に執念を燃やして、自腹を切ってまで手弁当で捜査を続ける刑事を描く。これはまさしく情熱でしょう。このような刑事は出世はしないかもしれないが、清張はそのような刑事の情熱をつぶさに描く。これが清張ミステリーの主な主人公たちです。それが戦後の日本の大衆にアピールした一つの理由だったと思うのです。非凡な情熱というのがどの小説のどの主人公にもあるのです。

G　ええ、感動しました（笑い）。

A　さらに言いますと、感動の先があると思うのですよ。自分の感動の中身を吟味する必要が読者にはあるでしょう。この短編に戻って言えば、田上耕作の、あるいはそのほかの短編に出てくる主人公たちも同じですが、かれらの持っている情熱の性質、性格を吟味する必要が読者の側にはあるのです。

Ｉ（五十代男性）　感動の先、ということになるかどうかちょっと分かりませんが、不遇な青年を描いたこの作品に、作者松本清張の不遇な時代を重ね合わせてぼくは読み、共感したのですが、確かにそればかりではない。

一つは鷗外という人を中心にしてかれの小倉時代の人々との触れ合いなどの事跡を田上青年が調べていくでしょう。そのなかで、ぼくは鷗外という人が漱石と比べると冷たい人というイメージがありましたが、けっしてそうではないということが徐々に分かってきました。

それともう一つは、この小説の面白さが推理小説的な面白さでもあるということですね。Ａさんの言われたことと対応すると思いますが、田上青年もある意味で刑事に通じるところがありますね。

それからもう一つ付け加えると、小倉の雪の情景の話なども叙情的で、直木賞、芥川賞その両方のよいところを取った小説のように思いました。

司会　なるほど。

I　いちばん強く思ったことは、人は不遇なときにどのように生きていくかということですね。鷗外が小倉に左遷されたとき軍を辞めようと思いながら、しかしなおこつこつ勉強をしたり、フランス語を習ったりして、人々と交流しながら暮らした。

いっぽう田上青年はハンディキャップを負いながらも、生あるかぎりその不遇のなかでなにか生きがいを見つけて生きていかなければならない。鷗外の事跡を探ることがかれの生きる目的になった。作者清張も長いあいだ不遇な時代があった。そのようななかでなにか情熱を持って目的に立ち向かうということが清張につかまれた文学の根本だったのではないか。ですから、それこそが大事なことなのだということを、ぼく自身が清張文学を読みながら感じました。

田上青年がいちばん恐れることは、「そんなことをして何になるんだ」という言葉ですが、わたしたちの生活のなかでもそういう言葉は多いですよね。たとえば、ここに集まって小説を読むんだと言ったら「そんなことやってなにになるの?」みたいなね（笑い）。

C　でもそういうことを言う人にかぎってなんにもやっていないということが多いですよね。

I　田上青年は身体のハンディを負いながら一つのことに打ち込むことが出来て、短い生を燃焼し尽くしたという意味で、やはり幸福な人生であったのではないかと思います。

もう一点感じたことは、母親のふじ、看護婦の山田てる子といった女性の描き方も清張はたいへん上手ですね。この作品はいろいろな角度から読めるフィクションかそうでないかという読み方も出来ると思いますし、人間ドラマというふうにも読み取れると思います。少し大げさかもしれませんが、清張作品のすべてがここにあるという感想を持ちました。

五　人生を真に生きた男

J（七十代女性）　松本清張はこの田上耕作という実在人物をモデルにし、かれをとおして清張自身の生きていく苦労、たたかいなどを描いていると思うのですが、わたしには、なぜこのような人物を主人公に選んだのかということが疑問としていまもあります。でもよく考えてみると、主人公の田上耕作のただ一人の友人江南が同情、憐憫などではなく、田上耕作自身を尊敬してきたというくだりがサラッと出てくるのですが、わたしはそこから、松本清張がなぜこのようなハンディキャップを持った人を主人公に取り上げたかというわたしの疑問にも、一つの答えがつながってくるのかなとも思います。

もう一つは、その実在人物の生き方などに対して、清張は、生きにくい身体を持っていてもかれの人間、生き方を、人間として評価、共感を持ったうえで取り上げたのかなと思いました。

それから田上耕作の死後に鷗外の日記が発見され、田上の努力が徒労に終わったという結果は幸か、不幸なのかということは清張は断言していないとAさんはおっしゃいましたね。さきほどは、田上青年は一つのことに情熱を持って打ち込み燃焼したことは五体満足な人間でもなにもしなかった人よりもずっと幸福だったのではないかと受け止めたというお話もありましたが、人間の幸福とか不幸とかはなにが物指しになるのか分からないものなのではないでしょうか。

誤解を恐れずに言えば、そのようなことはどちらでもいいじゃないかという感じがします。ですから清張は最後に、不幸か幸福か分からない、クェスチョンだから分からないという以上に、そのようなことは人間の評価には関わりないことであって、だからどっちだったかということそのものにあまり価値を置かなかったのではないでしょうか。

― ぼくが言ったのはこういう意味です。田上青年のような人を見て普通の人は可哀想な人だなというように上からの目線で見ますよね。とくに当時は地方のことでもあるし、ハンディを持つ人を蔑視するということがあったと思うのです。でも田上青年のなかには、そのような視線に負けまいとする気持ちと同時に、一つのことに打ち込む情熱があるので、はたで見るほど不幸ではないだろうという意味で言ったのです。

J　もし逆に田上青年が、ここまでがんばって情熱を燃やして生きていなかったら不幸だったということでしょうか。つまり人間の価値というものをどうお考えですか。

I　人は偏見で可哀想だなと見ているけれども、田上青年がいろんなところに行って資料の収集をするなかで充足感を得ていたことは、かれの幸福であったのだろうということを言いたかったのです。

H　田上耕作が明治四十二年に生まれたということには引っかかりませんか。作者の松本清張と同じ年に生まれているんですよね。それも一つ田上耕作の姿を借りて、作者が自分の言いたいことを言っているように思うんです。最初は年下の人間として田上を見ているのかなと思っていたんですけれど、明治四十二年生まれということで、清張と同じ年ということになっているのは意味があるのではないかなと思ったんです。

A　作者の書いたのは四十歳のとき、昭和二十七年ですから、年齢がずいぶんいってから、すでに亡き田上耕作をモデルにして書いているわけですね。

司会　『小倉日記』が出てきたのはいつですか？

A　田上の死んだその直後ですね。昭和二十六年の二月です。

司会　話をさきに進めましょう。田上耕作の情熱はすごいものですが、その情熱の原点はどこにあったのでしょうか。

A　小説のなかで田上が煩悶するところがありますね。せっかく東京の権威にお墨付きをもらったにもかかわらず、そんなことをしてなんになるのかという一言を浴びせられて一挙に絶望に追いやられる。せっかくもらったK・M先生からの激励の手紙さえも、一片のお世辞のようにしか受け取れなくなってしまう。このような絶望に追いやられることがしばしばあったと書いてあります。

ここのところをこの作品のなかから読み取っておかないと、客観的に田上の一生が幸せだったのか徒労に過ぎなかったのか分からない、と作者は小説の表面では書いているのですが、人間の一生が幸せなのか不幸なのかということは一概に決められない。つまりわれわれがなぜ生きているかということは別の観点からも見てゆく必要があるのではないか。この田上耕作の場合はどうか。田上が、生きているあいだ深い絶望と懐疑に襲われたとき、かれを支えていたものというのはなんだったのか。

自分のしていることが空しいことなのか、それとも価値のあることなのかを知りたいために、かれはまた出かけていくわけです。絶えずそれが主人公のなかにはあった。情熱に突き動かされるといっても、実際にはそれのみが人間の生を動かしている唯一のものというわけではないのです。田上といえども事情は同じだったでしょう。

この作品の最後の言葉の背後には幸福だったか、不幸だったかなどということは問題ではないという結論が浮かび上がってくるのを読み取らなければいけないと確かにわたしも思います。しかし同時に、清張は作品全体ではっきりと結論を書いていると思いますね。田上の一生は行きつ戻りつ、迷いもあればためらいもあった。しかし最後まで初志を貫いた。作者の目から見れば、田上は人生というものを真に生きた男だった。そのような人生を生きた人間は幸か不幸かの次元を超えてしまっているのではないでしょうか

清張は、無名で終わった人でも、仕事が徒労に終わった人でも、そのことをもって評価の軸とはしなかった。その人が人間として情熱をいだき、誠実にどこまでやったか、そこを書きたかった。田上耕作の一生の描き方を見てわたしはそう思います。

司会　ここでちょっと休憩にしましょう。

六　二つの情熱

司会　再開します。一言と言う方がいらっしゃったらそれをおうかがいしましょう。

B　休憩のあいだに田上の生涯に関して、問題になっている幸せだったか不幸だったかということをずっと考えていたのです。ここで自分の感想が少しまとまったように思うので聞いていただければうれしいです。

まずAさんが言われた行きつ戻りつということなのですが、田上耕作が感じる不安が三回ほど物語のなかに出てきますね。それから柳川の寺を訪ねたあと母親と石の上に座ったときも、こんなことをして徒労に終わるのではないかと考えます。でも、いつもそのあとにまた気を取り直しますね。たとえば東禅寺で魚板を見せてもらえるなどの幸運があることによって、また気持ちが前向きになるでしょう。

そのように失望のあとに幸運が、幸運のあとにまた失望が、ということを繰り返しながら、でも自分の目的とした仕事を最後の最後まで続けて亡くなったのだから、幸、不幸を問う必要がないとは言っても、やはりかれにとっては幸せな生き方が出来たのではないかという感想をわたしは持ちますね。

司会　落ち込んだときに、「元気を出そうね、耕ちゃん」と言われるといいですね（笑い）。

Ａ　母親に？　それとも配偶者に？　配偶者または恋人にそう言ってもらったことはないの？

司会　いやあ、どうだったかなあ（笑い）。

Ｂ　母親は強いと思いますね。妻や恋人などに言われるよりも、もっと強いと思いますよ。これはやっぱり母親の言葉だと思いますね。実感がこもっていますよね。

Ａ　田上には母親がいた、他の小説でもたとえば『菊枕』では夫でしょう。そのようにだれかが主人公のかたわらにいる。そしてときには献身的に主人公を支える。しかし清張の自伝『半生の記』を読むと、そのような人間が存在しないのですね。『半生の記』をそのままノンフィクションとして受け取れば、清張は小説で自分の憧れを書いたということになるかもしれない。『半生の記』をそのまま読むと、清張の無名時代は、暗くドロッとしたような半生だったのだな、よくそこから這い上がってこれだけの名をなしたなというその落差に、感動を越えてむしろ途方もなさのようなものを感じないわけにはいかなくなりますね。

しかし藤井康栄さんは『半生の記』は用心して読みなさいと言っていますよ。ちょうど鷗外が一般には小倉時代不遇で軍を辞めようかと思ったとされていますが、田上耕作の取材からも明らかになるように、のちには日記からも明らかになるように、かれはこの小都市で新たな交流をひらいて文学上重要な仕事を生み出しているわけですね。それをもわれわれは鷗外の生涯の見落とすことの出来ない事実として記憶する必要がある。そして、そこに清張の目も届いているわけです。そこが重要ではないでしょうか。

つまり『半生の記』もノンフィクションではあるかもしれないが、自分の暗い側面だけをクローズアップして書いたもので、現実には松本清張にも、田上の親友である江南のような友人がいたかもしれない。現にプロの作家になろうと心に決めた清張を励まして、プロとしてやってゆくつもりなら、どうしても上京して東京で生活しなさいと熱心に助言した人がいます。清張はまだ筆一本で食べていけるかどうか分からなかったのに、その人の言葉に背中を押されてまず単身上京した。そして間もなく家族全員を東京に呼び寄せるのです。

私小説は絶対書かないという作風の松本清張が、自分を精いっぱい表現するのに、実際に存在した他人の人生を借りて来るとか、あるいはまったくの事実をフィクションにするとかの仮面をかぶることで、実際には自分をかなり表現しようとしていると思うのです。

―　実際に松本清張の文体の影響は芥川龍之介と菊池寛ですが、いちばん大きいのはなんと言っても森鷗外でしょう。鷗外についてそれがモチーフの一つになって書いたこの小説で芥川賞を取ったわけですから、新進作家にとっては感慨深いものがあっただろうと思われますね。

作品の中身も非常に優れていて、直木賞芥川賞の区別を突き抜けるような面白さがありますよね。

松本清張が短編集を編集するとき「私はこういうものを書くと自分が今軌道を逸れていることに、ここに俺の修正版があるという気がする」と言ったと藤井さんは述べていますね。名を成したのはベストセラーになった推理小説、あるいはノンフィクションがあるからだとしても、清張自身は初期の自分の短編の路線で表現したことをずっとやりたかったという本心があった。しかしそれは売れっ子になってからは注文通りに書かなければならないというプロ意識で書いているわけですから、いきおい次に書かされるものも推理小説にならざるを得ない。藤井さんが行くと、「また推理小説を長編で頼まれちゃったよ」と苦笑とも失望ともつかない表情を浮かべたそうですね。

司会　そういう点からしても、清張自身がどのような人であったかということを見るうえで、この『或る「小倉日記」伝』というのは最良の資料になるかと思われますね。

Aさん、田上親子のことについて、もう少し発言を補足していただけませんか。

A　母親と息子という関係でこの小説を見ていくと、息子がある仕事に情熱を見いだしたことに、母親が喜びを感じて全面的に協力するわけですが、それは息子にえらくなってもらいたいから喜んでいるわけではなく、息子がこのままこのような身体でただただ生き腐れていく姿を見るのは忍びなかったが、息子が初めて目に輝きを取り戻す情熱の対象を見いだしたことがうれしかったわけです。それには意味というものはないように見える。でも意味はやはりあるわけです。母親は少なくともそこに喜びを見いだし、かつ息子を支えるということに、あらんかぎりの自分の生きがいというものを投入することが出来るわけですから。

ところがいっぽう息子は、『小倉日記』が失われてそれを埋め合わせるために聞き書きをおこない、柳田国男の民俗学の方法を使えばこれが復元出来るのではないかと思うわけです。だがそれに意味があるのかどうかを自分で決定することが出来ない。矢も盾もたまらず東京の鷗外研究の権威に問い合わせてお墨付きをもらう。そして生涯田上はそのお墨付きに象徴される外部の権威、あるいは評価、保証などがどこかでかれの生き方、情熱の支えになっている。その支えを外して自分の情熱だけで生きていくということが田上耕作にはむずかしかった。

つまりさきほども指摘がありましたが、白川（医者）は「温泉の研究」というテーマで論文を書く準備をしていたにもかかわらず、同じテーマでさきに学位を取った者が現われたため研究の意欲を失ってしまいますね。あれがごく一般の人の研究意欲というものの実態なのです。

ところがこの主人公は、そうではないものに突き動かされている。だったらその情熱だけを自立させればいいのですが、でもやっぱり不安で揺れることがあるわけですね。

これを側面から支えているのが母親あるいは友人です。かれは権威にのみ頼りきっているわけではないのはもちろんですが、情熱だけで自己を支えているわけでもない。友人や母親、あるいは途中までは看護婦の山田てる子、また取材中に会った人たちなどがかれを支え、かれもかれらを当てにしている面もある。

そのように作者の人間を見る目は非常に複合的であると思います。これらすべての人の存在やつながりが主人公の情熱を支えているということを、作者は全体として言っていると思います。

さきほど話が出たように、作者が最後に主人公が死んだあとに鷗外の日記が発見されたがそれを知らずに死んだのは幸福だったか不幸だったか分からないと書いて終わっていますが、田上にとっては発見されたということが生きているうちに分かったらひどい失意に追い込まれたでしょう。そのように考えますと、母親の情熱を支えているものと、息子の情熱を支えているものは、微妙なところでちがっている。いや、微妙だが決定的にちがうと言わねばなりません。主人公は外部の評価や権威が支えとしてやはり必要だった。

しかし人間が生きていくうえでの情熱を燃焼させるものというのは、外部にかならずしも依存しない自己燃焼が可能なものである。この母親にとってはそれが息子だった。主人公は田上耕作であるが、見方を変えれば、この母親にこそ作者はほんとうの情熱、情愛、あるいは理想、尊敬といったものを見いだしているようにも思われます。その二つを作者の清張はちゃんと見ている。そこが清張の人生を見る目のすごいところだし、これあるがゆえにこの作品がりっぱな文学になり得ているゆえんでもあるとわたしは思うのです。

司会　最後に鷗外のことをなにか一言おっしゃっていただけませんか。たとえば鷗外が軍服を着ているときはきびしくいかめしいが、平時はまったくちがう。小倉での鷗外の二面性を描いているところとか……。

A　ここで描かれる鷗外については、こう言ってもいいのではないでしょうか。つまりここに第三の主人公をあえて想定するならば、それは鷗外だということです。鷗外はなぜ巨人なのか。

なぜ文豪なのか。鷗外はこの小倉時代にかぎらず、そもそもなぜ文学をやるようになったのか。エリートとしてドイツから帰ってきて軍医となり、軍医総監までのぼりつめた。外部から見れば出世街道の頂点をきわめたことになりますね。

しかし自分の人生について、そこに満足の根源を鷗外は見ていない。満足の根源といったものを経歴に見いだすことが出来なかったために文学をやった。鷗外の文学は名声のためではありませんし、漱石と張り合うためでもありません。文学はほんとうの自分、森林太郎を生かすための場所であったのです。

そこには名声だとか才能を認めてもらいたいなどの世俗的な評価や権威を求めようという気持ちはほとんど介在していなかったと思うのです。しかも文学者として、漱石に比べれば天性のものがあったわけでもなく、むしろ努力の文学者と言わなくてはならない。

小倉時代にクラウゼヴィッツの『戦争論』を訳したのも、自分が軍人として必要だから訳したというのは表層的な解釈であって、事実はクラウゼヴィッツに感動したからだと思うのですよ。その感動を日本語に移したかったのだと思います。同じくアンデルセンの『即興詩人』やゲーテの『ファウスト』も自分が感動して、ぜひこれを日本語に訳したいというのと同じ情熱ですね。したがって、鷗外の文学的情熱も根本にあるのは無償のものです。ふじの息子に対する愛情が無償のものであったのと同じ次元です。

それから、小倉で鷗外に唯識論を講義する代わりに、鷗外からドイツ語を教わった安国寺さんが、鷗外が東京へ帰ることに決まったとき別れるのに忍びなくて、あとを追って東京に行く話なども泣けますよね。学術論文ではそこいらをヴィヴィッドに描けない。それを清張のフィクションは表わそうとしている。そこが清張文学の特色でもあると思うわけです。人間が浮かび上がってきますね。鷗外の悠々とした姿ばかりではなく、小倉でつちかった豊かな交友関係までもがありありと思い浮かんでくるかのようです。それらを四十歳の松本清張がちゃんと織り込んで物語の背景に沈ませている。作品を読み取っていくとそこまで見えてくるという奥の深さが、この一編には込められている。清張が「初期に自分の原点があった」と語った言葉は、韜晦《とうかい》でもなければたんなる懐古趣味でもない、本音だったと思いますね。

司会　時間が来てしまいました。きょうは充実した講座だったと思います。みなさん、どうもありがとうございました（拍手）。

松本清張挿話

松本清張は膨大な仕事を残したが、全集を出すことになったときに編集者が非常に困った。決定版全集であるから雑誌や単行本になったものをもういちど版を組み直して誤植などを直してもらうため、付箋を貼って著者のところへ持ってゆく。ところが清張はその校正刷りを見てくれない。全集であるから毎月刊行しなければならず、編集者は内心あせる。清張はいっこう気にするふうでもない。次に書きたいと思っている作品のほうに気持ちが向いていて、書いてしまった過去のものにはほとんど関心を持たない。

おびただしい著作がありながら、清張の書斎には自分の著書はほんの数冊しか置いていなかった。自分の書いたすべてのものは、別棟の書庫に収めてあって、身辺には資料しかなかった。清張という作家は、自分が次に書く作品に最大の関心を持つというタイプの作家であった。『半生の記』という自叙伝を書いているので、これを読んでみると、まだ作家として名をなすまえは考古学に興味を持っていた。小遣いを貯めておいて休暇のたびに京都奈良を歩いたが、あれは社内のいやな空気を逃れるためだったと書いている。

いやな空気というのはどういうことかと言うと、尋常小学校しか出ていない清張にとって記者になる道は永久に閉ざされていた。自分の支社に来るのは東大出、京大出、東北大出、あるいは私立でも早稲田、慶応といったエリート中のエリートで、二、三年いて大阪あるいは東京へ栄転する。その人たちを見送る人々のなかで、いずれおれも東京へ行くんだという連中は、駅のホームで見送ったあと三、四人で飲み屋にゆく。しかし永久にこの支社で埋もれると分かっている人々は、義理で駅頭へ見送りに来たあとはさっと一人になってしまう。「駅から一人ずつ勝手な方向に歩いてゆく姿を見ると、風に散ってゆく落葉のようだった」と。清張もそういう一人だった。

そしてこの自伝にははっきりと書かれていないが、清張は学歴がないというだけではなく、容貌のことでもかなりバカにされたらしい。このことは清張をよく知る編集者も間接的にしか言っていないが、付けられたあだ名に非常にコンプレックスを持っていたらしい節がうかがえる。そのような不遇な無名時代に受けた屈辱感は大作家になってからも心のどこかに残っていて、家族に打明けることも出来ず、一人国学関係の高価な本を買うか、小遣いを持ってどこかに出かけるかだった。そのことについて自伝に次のように述べられている。

「だがそれも一時の気休めでしかない。結局、そのようなことをしても小さな趣味でしかなかった。趣味は現実から逃避する一時の睡眠剤かもしれない。冷めると、息の詰るような空気の中にまた投げ入れられてしまう。あるとき大阪から転勤してきた東京商大出の社員が、『君、そんなことしてなんの役に立つんや? もっと建設的なことをやったらどないや』と言った。この言葉はかなり私に衝撃だった。実際、九州の田舎を回って横穴をのぞいたり、発掘品を見せてもらったりしても何になるのだろう。考古学で身を立てるというわけでもない。生活にそれほどの潤いがつくということでもなかった。要するに、将棋を指したりマージャンをしたりすることとあまり変らないのである。」

これと同じようなことはこの自伝にはほかにも述べられている。こういう清張の経験を踏まえて、清張の専門編集者だった藤井康栄が、清張の唯一の楽しみは自分の考古学趣味を満足させることだったが、エリート記者がかれのこの唯一の楽しみをあざ笑ったのだったと書いている。まさにそれと同じことが、『或る「小倉日記」伝』の田上耕作のうえにも投影されているのである。

この作品のみならず、その後の清張のおびただしい長編、短編のなかにも、姿かたちを変えて、過去のこの経験がなんどもくり返される。これは生涯大作家松本清張の心の底にトラウマとして残り続けた記憶と考えて差し支えない。

また同時に清張は、自分のところへ原稿を取りに来る新米のエリート編集者に向かってまず、きみは大学でなにを勉強したのかね、と質問した。この質問が清張の恐さなのだということを直感しない新編集者は、その後ぎゅうぎゅうの目に合わされる。藤井康栄が同じ質問を受けたとき、わたしは日本の近現代史を勉強しましたと言うと、どの時代かと訊かれて、大正時代です、と答えると作家は大正時代のある本を出してきた。この本をきみは読んだことがあるかねと訊かれた。たまたま彼女はその本を読んだことがあったので、はい、読みましたと答えると、それだけで終わらずに、本に書かれているある個所について意見を求められた。彼女はハッタリでなくほんとうに読んでいたのでほっとした、と述べている。それについて自分の意見を述べることが出来た藤井編集者を、清張はその後二十年自分の当番編集者として、いわば精神上の女房役として信頼しつつ、ずっと付き合った。

しかし、長いあいだにはこういうこともあった。あるとき清張の原稿を受け取って藤井編集者が読んでみたが、どうしても納得がいかない。そこでその旨を直言した。お互い引かずに議論になった。清張はひどく不機嫌になった。藤井編集者は、ここで自分の編集者生命は終わりだろうと思いながら社に帰った。

翌朝編集長から呼ばれた。すぐに清張宅へ行ってくれと言われた。行ってみると、奥さんが出てきて分厚い書類袋を藤井編集者に手渡した。原稿がはいっていることはすぐに分かった。なかから取り出して読んでみると、前夜議論した十八枚の原稿のうち十一枚が書き替えられてあったという。

松本清張略歴

松本清張は一九〇九年、広島県生まれ。ただし本籍は福岡県。推理小説『点と線』がベストセラーとなり、社会派推理小説の鼻祖とされる。以後、おびただしい執筆を重ね、歴史考古もの、昭和史、フィクション、ノンフィクションの分野を問わず精力的な作家生活を送る。

代表作は『ゼロの焦点』『波の塔』『砂の器』『日本の黒い霧』などあまたあるが、なかでも晩年の『昭和史発掘』を逸することは出来ない。二・二六事件こそ昭和史の謎を解く鍵と考えた著者の心血が注がれた。

一九九二年没。八十二歳。

参考文献

松本清張『或る「小倉日記」伝』（傑作短編集一所収、新潮文庫）
松本清張『半生の記』（新潮文庫）
藤井康栄『松本清張の残像』（文春新書）

あとがき

本書は「日本文学の扉をひらく」の第二の扉にあたる。

この「扉」シリーズの刊行目的と趣旨、刊行開始までのいきさつなどは第一巻のあとがきに言い尽くされているからここでは詳細をくり返さない。

とはいえ、扉をひらくというイメージについて、ここが肝心と著者に思われるところを再度述べるのはかならずしも蛇足ではあるまい。

ここで取られている座談または対話の形式は、一元的な権威の存在を相対化しようとする試みである。読み手によって解釈が別れる。意見と意見とがときにぶつかり合う。その場に緊張が生まれる。複数の考え方や意見が提示される。拮抗し合うことも稀ではない。しかも、読んでいる読者もまたいつしかその場に参加させられる。

こうして、読むことを通じてときに劇的なものが姿を現わすこともある。文学への案内と紹介がそれ自体文学の創造でもありうるのは、まさにその瞬間なのだ。それが「扉」がひらかれるという意味である。

行われたディスカッションは実際のそれを踏まえている。欧米の映画のクレジットによく

「事実にもとづく物語」という断りがきが出る。あえて言えば本書もそうである。ただし、論点を明確にする必要から、かなりの程度まで改訂を施さざるを得なかった。「事実にもとづく」のは事実であるが、仮構部分をまったく排除することは出来ない。発言者を匿名にさせていただいたのはそのためである。参加された人々に心から感謝するとともにご理解をお願いしたい。

カバーに用いさせていただいた絵は第一巻のときと同じように金山政紀さんの作品である。装丁は今回も追川恵子さんにお願いした。録音記録を文字に起こす作業は安里桂子さんにご協力いただいた。スペース伽耶の社長・廣野省三さんを始めスタッフの方々、とくに廣野茅乃さんには全面的に著者の希望を入れていただいた。そしてこの小著が仕上がるまで、激励を惜しまれなかった友人たちにも感謝したい。みなさんどうもありがとう。

二〇二一年六月二十二日

著者略歴

立野正裕（たてのまさひろ）

1947年、福岡県生まれ。岩手県立遠野高等学校を卒業後、明治大学文学部（英米文学専攻）に進み、さらに同大学大学院（文学研究科修士課程）を修了。

専攻は近現代の英米文学だが、日本の戦後文学についても評論活動をおこなう。一貫して現代における非暴力主義の思想的可能性を探求し、その問題意識から近年は第一次大戦期の「戦争文学」を「塹壕の思想」として新たにとらえ直そうと試みる。

著書、『精神のたたかい――非暴力主義の思想と文学』、『世界文学の扉をひらく――第一の扉・運命をあきらめない人たちの物語』、『黄金の枝を求めて――ヨーロッパ思索の旅・反戦の芸術と文学』、『世界文学の扉をひらく――第二の扉・愛をつらぬいた女たちの物語』、『世界文学の扉をひらく――第三の扉・奇怪なものに遭遇した人たちの物語』（以上、スペース伽耶刊）。

編著、『イギリス文学　名作と主人公』（自由国民社刊）など。

訳書、ラフカディオ・ハーン著『文学の解釈Ⅰ・Ⅱ』（共訳、恒文社）。

日本文学の扉をひらく
第二の扉
踏み越えた人たちの物語

二〇二一年七月三十一日　初版第一刷

著　者　立野正裕
装　丁　追川恵子
発行所　株式会社　スペース伽耶
発行者　廣野省三
〒113-0033　東京都文京区本郷三―二九―一〇
飯島ビル2F
電　話　〇三（五八〇二）三八〇五
FAX　〇三（五八〇二）三八〇六
発売所　株式会社　星雲社
〒112-0005　東京都文京区水道一―三―三〇
電　話　〇三（三八六八）三二七五
FAX　〇三（三八六八）六五八八
印刷＝㈱平河工業社
乱丁・落丁本はおとりかえします。

ISBN978-4-434-29363-4

『文学の扉をひらく』シリーズ　立野正裕 著

〈日本文学の扉をひらく〉
第一の扉　五里霧中をゆく人たちの物語

〈世界文学の扉をひらく〉
第一の扉　運命をあきらめない人たちの物語
第二の扉　愛をつらぬいた女たちの物語
第三の扉　奇怪なものに遭遇した人たちの物語

四六変形判　各¥1000

立野正裕　黄金の枝を求めて　ヨーロッパ思索の旅・反戦の芸術と文学　四六判・三二四頁　¥3500

立野正裕　精神のたたかい　非暴力主義の思想と文学　四六判・五四四頁　¥2800

立野正裕　洞窟の反響　『インドへの道』からの長い旅　四六判・三〇〇頁　¥2000

立野正裕　未完なるものへの情熱　英米文学エッセイ集　四六判・三二八頁　¥2000

武井昭夫　創造としての革命　運動族の文化・芸術論　四六判・五二〇頁　¥3200

〔価格は税別〕　スペース伽耶　2021. 7 現在